쇼팽을 기다리는 사람

— 흰 건반 검은 시

쇼팽을 기다리는 사람 —— 흰 건반 검은 시

박시하 짓고 김현정 그리다

프롤로그

음악은 몸으로 듣는 것이기에 몸에 깃든다.
그런데 음악이 가 닿는 곳은 몸이 아닌 영혼이다.
음악은 몸과 마음을 하나로 묶어준다.
음악은 만남이고 대화이며, 사랑이다가 이별이다.

음악은 사물성을 지녔다.
우리는 음악에 몰입할 수 있고,
음악을 어루만질 수 있고,
음악을 가질 수 있다.
그러나 음악은 사물인 것에서 머무르지 않는다.
음악은 인간의 영혼을 지나치며 사물이 아닌 대상이 된다.

대상으로서 음악은 무한하다.

쇼팽은 음악에 몸과 영혼을 다 바쳤다.
그의 삶은 아픔으로 얼룩졌지만, 그의 음악은 완벽하다.
완벽, 그것은 얼마나 불가능한 단어인가!

그러나 쇼팽은 그것에 이르렀다.

그는 음악을 노래가 되게 했고, 시로 만들었다.

시가 먼저인지 음악이 먼저인지 따질 필요는 없다.

음악성은 그 자체로 이미 시이며

음악은 언어를 물리친 시, 단어와 문장이 필요 없는 시니까.

쇼팽의 음악을 말로 표현해내는 일은 사실상 불가능하다.

단지 쇼팽이 살았던 삶, 슬픔과 고통, 환희와 기쁨을 통해서

그의 음악을 조금 더 잘 느낄 수 있을 뿐이다.

예를 들어, 그의 발라드를 들을 때

나는 쇼팽의 우유부단하고 서글펐던 몇 번의 사랑을 생각한다.

그가 품었을 사랑의 기쁨이 그리고 고통이 스며들어 있는 선율
에 귀 기울인다.

그러나 지상에서 우리가 품는 사랑이 아무리 안타깝고

그리움이 애달프다고 해도, 쇼팽의 음악까지 미치지는 않는다.

그의 음악은 그것을 뛰어넘고 불가능을 가로질러서, 훨씬 먼 곳
에 있다.

그의 발라드는 인간의 영역 밖에 있다.

먼 곳에서
그의 음악은 사람의 마음을 비춘다.
달빛처럼, 어떤 신비처럼.

차례

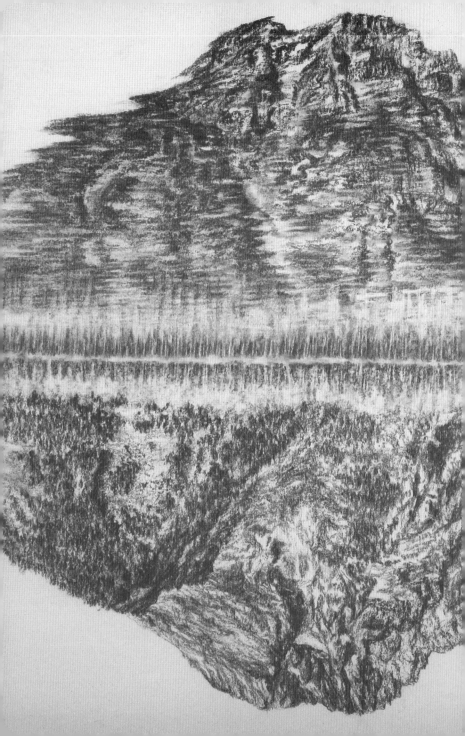

만남

발견하는 시

지상의 시간은 하나의 여행이다. 저녁, 하루의 빛이 꺼지고 어둠이 내리는 시간.

지금 내 어둠을 밝히는 것은 그의 음악이다.

이 어둠의 한편에서, 음악의 빛을 따라 당신을 만난다.

쇼팽 피아노 협주곡 1번 2악장, 바람결처럼 흘러가는 선율.

당신의 시를 만난다.

그는 이 선율을 따라가며 행복했을까.

행복은 불행의 다른 이름이다. 아마도 지독히 행복하면서 동시에 결코 행복하지 않았을, 그의 기쁨과 절망을 생각한다.

피아노가 음악을 연주하면 생겨나는 빛, 이윽고 사라져가는 그 빛.

쇼팽의 음악은 절망의 정수에서 빛난다. 그렇다, 그것은 슬픔도 고통도 아닌 절망이고, 그 절망 가운데서 빛나는 기쁨이다.

처음부터 그 음악에 매료되지는 않았다. 처음에 그의 음악은 우울하게 들렸고, 너무도 예민했다. 너무 부드러웠고, 그 부드러움이

지닌 것들을 한 번에는 잘 알아볼 수 없었다.

그러나 조금씩 더 알게 되었다. 쇼팽을 들을수록, 하나의 사실이 떠올랐다. 어떤 문장이 한 번에 그 자신을 열어 보여주지 않듯, 그의 음악 역시 그렇다는 것을.

내가 천천히 알게 된 것, 그것은 쇼팽의 음악이 시라는 사실이다.

그의 음악은 어떤 저녁, 빛이 스러지는 그 순간, 하늘의 빛이 어둠으로 바뀌는 순간이다. 그의 음악은 몰아치는 파도이며, 비바람이며, 장엄한 빗방울의 죽음이다.

인간은 어둠 속에서 빛을 발견하고 빛을 따라가는 여행을 지속한다. 쇼팽의 선율은 바로 그 여행, 그런 삶을 밝힌다.

그의 삶이 어떠했든, 그는 무언가를 밝히는 사람이었다. 그와 만나고 싶다. 계속해서, 음악들 속에서. 또한 지상의 삶 속에서. 이 기나긴 여행의 끝없음 속에서. 그의 부드럽고 아름다운 선율 안에 들어 있는 모든 것들을 만나고 싶다.

우리는 매일 만남을 반복한다. 이웃을 만나고, 새소리와 만난다. 저녁 무렵 누군가 자기 아이를 소리쳐 부르는 소리와 만나며, 소리 없이 깊어가는 밤과 만나고, 밤하늘에 떠 있는 흰 달과 만난다. 무언가를 만나지 않는 생은 존재하지 않는다. 만난 것과 만나지 않은 것,

그 사이에서 우리의 삶이 흐른다. 우리에겐 간절히 만나고 싶은 사람과 결코 만날 수 없는 사람이 있다. 우리에게는 만남의 슬픔과 기쁨이 있다. 더는 만나고 싶지 않은 고통이 있고, 그럼에도 만나야만 하는 매일의 아침이 있다.

그 모든 만남 속에서, 쇼팽과 만났다. 너무도 행복한 만남이다. 음악과의 만남, 내가 쇼팽의 음악 안으로 들어가고 그의 음악이 내게로 들어오는 것. 그것은 영혼이 꾸는 꿈이고, 육체를 전율케 하는 힘이다.

궁금해진다. 그가 만났던 삶은 어떤 것이었을까. 그런 음악을 만들어내면서 그가 꾸었던 꿈은 무엇이었을까. 내가 그의 음악 속에서 만난 것은 무엇이고, 만나게 될 것은 또 무엇일까. 그 무엇에도 실체는 없다. 다만 음악이 있고, 음악을 들을 수 있는 귀가 있을 뿐. 그러나 그 실체 없음 안에서 실현되는 것은 너무도 많다. 쇼팽이 무엇을 그리워했는지, 그가 무엇에 절망했는지 알고 싶다. 그의 빛과 어둠을 보고 싶다. 그 갈망을 통해 돌아오는 것들은 모두 나의 마음에 쌓여 빛과 어둠이 될 것이다.

만남이란 발견이며, 발견은 그 자체가 매 순간 시와 같은 것이다. 당신의 눈 안에서 매 순간 발견하는 나 자신처럼, 우리는 그렇게 삶 속의 시를 만난다. 음악을 만나는 것은 우리의 삶을 확장시킨다. '발견'하는 시 안에서. 삶의 매 순간 속에서.

어제, 이국의 푸른 물결을 만났다. 폭이 그리 넓지 않고 잔잔한

강이었다. 나카 강, 낮에는 짙은 초록빛을 띠다가 태양빛이 사라지면 검게 빛나는 물결을 보았다. 강을 만나기 전에도 오랜 시간 존재했으나 나는 갑자기 그 물속을 들여다보며 비로소 발견했던 것이다. 아, 나카 강이 저기에 있다. 나는 그 존재와 만났다는 사실을 발견하고, 강물이 흘러가고 있음을 발견했다. 마치 우리를 스쳐가는 시간의 흐름처럼 순수하고 무심한 물결을.

어떤 음악과의 만남은 그런 것이다. 흘러가는 물결을 발견하듯이. 우리가 마주치는 순간, 바로 그 순간에 음악은 나타났다가 사라지곤 한다. 하나의 우주가 팽창했다가 사라진다. 그 팽창과 소멸의 속도는 때로 빠르기도 하고 늦기도 하다. 모든 별이 제각기 다른 크기를 갖고 있듯이.

쇼팽의 우주는 푸른 강의 물결처럼 흘러가고 나를 둘러싸며, 절망을 부드럽게 감싸 안는다. 그러나 그 행복은 음악이 끝나는 순간에 흔적 없이 사라지는 것이다.

그것이 만남 그리고 만남의 아름다움이다. 사라지는 만남들. 만남의 순간에 신비롭게 불타오르다가 사라지는 쇼팽의 선율, 그것은 아름다운 시다. 어둠 속에서 빛나는 돌들을 하나하나 쌓아올렸다가 일시에 쓰러뜨리는 것 같은, 흰 길에 끝없이 늘어선 검은 나무 같은 그의 음악이 나의 밤을 한순간에 환하게 밝히고 있다.

✧

음악의 이미지. 쇼팽의 이미지들은 흰색에 가깝다. 그의 음악이 하늘의 별처럼 검은 바탕 위에 하얀 빛으로 흩뿌려지는 것 같다는 생각을 종종 한다. 빛나는 음, 하얀 발로 검은 모래 위를 걸어가는 것. 선율이 그리는 그림.

아마도 쇼팽이 시인이라는 느낌은 그의 음악이 그려내는 이미지들과 관계된 것이 아닐까. 펼쳐지고 사라지는 이 환영들이 그의 음악에 있어 시의 영역인 것이 아닐까. 또는, 이것이 시의 영역에 들어온 쇼팽의 선율이 아닐까.

앙드레 지드는 "쇼팽은 제안하고, 가정하고, 넌지시 말을 건네고, 유혹하고, 설득한다. 그가 딱 잘라 말하는 일은 거의 없다"[1]고 말했다.

설명하기 어렵지만, 시라는 것이 세계의 비밀을 누설하는 방식과 쇼팽의 음악은 확실히 닮아 있다. 단순히 드러내는 것이 아닌, 비밀들을 감추면서, 그것이 비밀이기에 감출 수밖에 없다는 듯이. 그러나 그 조심스런 비밀들이 하나하나 여실히 드러나는 것이 그의 음악이다. 감춰지면서 동시에 드러나기에 그 아름다움에 매번 놀라게 되는 것이다.

우연하고도 놀라운 생의 접점들. 우리의 직관이 빚어내는 섬광, 그것을 쇼팽의 음악 속에서 만나고, 발견하고 있다.

전주곡들

겨울 오후의 햇살이 창으로 쏟아져 들어오는 시간. 쇼팽의 프렐류드를 듣고 있다. 마우리치오 폴리니의 연주, 스물네 곡의 전주곡. 내 귀에 들려오는 선율의 흐름. 식구들의 흔적이 남아 있는 빈집 안에서. 이 순간에, 쇼팽의 음악으로 인해, 내 일상이 변한다. 코코아가 담긴 컵, 책상 위에 쌓인 책들의 표정들이 달라진다. 평소에는 무심결에 지나치던, 전혀 아무런 의미도 없던 것들이 이 순간에는 각자 반짝이며 자신만의 빛을 내고 있다.

시간이 음악 속에서 사라진다. 공간은 지워지고 변한다. 음악, 음악은 그런 힘을 가졌다. 무의미를 의미로 전환시키고, 어떤 의미들을 또한 무의미로 만든다. 음악을 듣는 순간에는 그 선율만이, 선율이 만들어내는 감정만이 존재한다. 그래서일까, 200년이라는 긴 세월을 건너왔는데도 음악이 가진 힘이 그대로인 것은, 쇼팽이라는 음악가의 존재가 이렇게도 분명히 느껴지는 것은.

프리데리크 쇼팽은 1810년에 폴란드의 작은 마을 젤라조바 볼라에서 태어났다. 그는 미코와이 쇼팽과 유스티나 쇼팽의 아들로 태어나 세상과 조우했다. 그리고 여섯 살에 아달베르트 지브니를 만나 피아노를 배웠다. 그는 가족과 만나고, 스승과 만났으며, 피아노를 만나게 되었다. 그에게 평생 가장 소중한 친구였던 피아노. 그는 피아노를 처음 만났을 때 무엇을 느꼈을까? 그의 조그만 손가락이 처음 피아노 건반을 두드렸을 때, 그 첫 울림은 어떤 것이었을까?

때로 일상의 자잘한 조각들이 우리에게는 어떤 전주곡이라는 생각이 든다. 아주 작은 선택들, 오늘 무엇을 입고 무엇을 먹을 것인가 하는 사소한 고민들이 우리의 일상을 만들어내고, 그 일상들이 쌓여 언젠가 커다란 생의 결과로 되돌아온다. 그래서 모든 사소한 것들은 사소하지 않다. 무엇에 대한 것이든, 전주곡은 뭔가를 예감하고 열어내는 것이기에 조금은 두렵고 때로는 설레는 것이다. 생의 전조 앞에서 두려움으로, 설렘으로 끊임없이 서성이는 마음. 그것이 우리의 일상이다.

한편으로 일상은 그 친숙함으로 인해 두려운 것이기도 하다. 매일 겪어내고, 지나쳐가는 시간이 언젠가 무언가로 되돌아올 때를 우리는 언제나 기다리고 있다. 말하자면 이 생의 끝에 우리를 기다리는 죽음처럼 치명적인 무언가를 익숙한 일상이 푸른 칼날같이 품고 있기 때문이다. 음악을 들을 때면 무심한 일상의 한가운데에 자리한 그 치명적인 기다림을 문득 깨닫게 된다. 그래서 아무리 아름다운 음악이라 해도 거기에는 뭔가 아프고 고통스러운 것이 있다.

쇼팽의 음악이 우리에게 시처럼 다가오는 것에는 그런 이유가 있는지도 모른다. 쇼팽의 노래는 달처럼 희고 매끄러우면서도 어둠 속의 뒷면을 가진 음악이다.

쇼팽은 매우 예민했다. 수줍고 말이 없었다. 그는 사랑에 실패한 사람이었고, 평생 외로움과 질병에 시달렸다. 한 번 떠난 조국에 다시는 돌아가지 못했고, 어떤 사람에게서도 진정한 위안을 찾지 못했다. 그가 음악 외에 달리 진정한 기쁨을 느낀 대상이 있었을까. 그는 아마도 음악 속에서 모든 것을 찾는 사람이었던 것 같다. 그의 내밀한 격정과 사랑, 기쁨과 슬픔, 고통과 절망과 외로움은 이제 그의 선율 속에 담겨 우리의 마음을 두드린다.

그의 음악이 시로 불리는 것은 아름답고 서정적인 면모 때문만은 아니다. 시는 단지 아름답고 서정적인 문장의 나열이 아니므로, 시는 세계의 고통에 대한 치열하고 끊임없는 탐색이기 때문에.

나는 시를 쓴다. 언제부터인가 시로써만 세계와 만나는 사람이 되었다. 그것은 단정적으로 말해 결코 행복한 일이 아니다. 오히려 고통에 가깝다…. 겨울 햇살이 창으로 들어올 때, 빛나는 사물들에 깃든 우울과 절망을 본다. 빛이 비추는 어둠을 본다. 일상에 스며든 죽음을 본다.

이 세계의 모든 면에, 어둡게 빛나며 도사리고 있는 심연. 그 속에 시가 있다. 나는 시에 침식당하고, 시를 쫓는 만큼 시에 쫓긴다. 꽃 한 송이가 피어나는 순간 이미 그 꽃의 시들어버림을 예감하는 것이 시니까. 그러나 그 불행 속에는 또한 커다란 행복이 있기도 하다. 나를 관통하는 절망 안에서 극한의 기쁨을 맛보는 것이 시인의 운명이다.

쇼팽의 전주곡들. 특히 프렐류드 4번을 좋아한다. 쇼팽의 장례식에서 연주되었다는 그 음악. 그의 전주곡들이 자신의 장례식에서 연주되었다는 사실에는 묘한 암시가 담겨 있는 것 같다. 죽음의 전조가 다름 아닌 우리의 일상, 매일매일에 스며 있다는 암시가 어째서 이토록 시처럼 느껴지는지는 잘 모르겠다. 아마도 슬픔 속에 반짝이는 기쁨, 우울 속에 담겨 있는 격정 때문일까. 아무려나 천상의 음조처럼 느껴진다. 이런 음악을 세상에 남긴 사람의 마음이 어떤 것이었을지 짐작해보는 일은, 참 쉬운 일이 아니다. 고통 없는 아름다움이 있다고는 믿을 수 없으므로. 그 음조는 게다가 너무도 애잔하지 않은가.

기침과 각혈로 고통 받고, 외로움을 견디며, 삶의 실상들에 어린 처참함을 견디며 어떻게 이렇게도 아름다운 음악을 만들어낼 수 있었을까. 문득 '위대함'이라는 말을 떠올린다.

쇼팽은 위대한 예술가였다

쇼팽의 죽음에 대해 생각한다. 그의 죽음은 비극적이었다. 너무도 젊은 나이에, 그러니까 지금의 나보다도 젊은 천재 쇼팽은 폐결핵으로 고통 받다 죽었다. 그가 사랑했던 여인 조르주 상드는 그의 마지막 순간에 함께 있지 않았고, 그의 죽음을 지킨 이는 상드의 딸인 솔랑주였다. 그의 죽음은 고통스럽고 외로웠다.

언젠가 죽어야만 하는 육신이란 얼마나 가혹한가. 우리에게 생의 모든 것을 가져다주는 인간으로서의 육체, 생의 모든 기쁨과 고통이 시작되고 끝나는 장소인 몸. 그것이 영원하지 않다는 사실은 얼마나 참기 힘든 일인가. 결국 인간의 몸이 유한한 것이기에 우리는 불멸하는 가치에 대한 환상을 품게 되는 것이다. 그러니 음악에서 받는 위안은 우리의 죽음과 관계되어 있는 것이다.

아마도 음악이 우리에게 주는 것은 일시적인 무한함의 느낌인지도 모른다.

이 생의 모든 깃이 갑자기 시작되듯이, 우리에게는 갑작스럽게 이 생이 사라지는 순간이 존재한다. 우리는 간절히 생을 원하고, 그러면서도 때로 죽음을 원한다. 나는 끝없이 이어지는 삶을 원하지는 않는다. 언젠가 끝나기 때문에 내 삶이, 이 모든 순간이 평화롭고 빛나며 행복해지는 것이다. 음악이 아름다운 이유도 그것이 끝난다는 사실 때문이다. 만약 결코 끝나지 않는 음악이 있다면 그것이 아무리 아름답다 한들 견딜 수 없을 것이다.

쇼팽의 전주곡들을 들으며 그 비애를 음미한다. 눈부신 생의 비애, 이 비참한 생을 비로소 아름다워질 수 있게 만드는 우리의 슬픔, 우리가 언젠가는 죽는다는 사실, 죽음의 전주곡으로서의 삶.

죽음 앞에서 당황하지 않을 수 있는 사람은 없겠지만 그리고 인간인 이상 우리가 슬픔과 고통 앞에 담담하기는 너무도 어렵지만, 기쁨의 전주곡은 슬픔이며 죽음의 전주곡은 다름 아닌 우리의 삶이다. 그 사실을 이렇게 잘 말해주는 음악이 또 있을까. 프렐류드 15번, 빗방울 전주곡이라 이름 붙인 쇼팽의 음악을 듣는다. 결코 영원할 수 없는 인간의 비참한 사랑 다음에 올 이별을 생각하며, 그 이별 역시 또다른 사랑의 전주곡이라고 가만히 나에게 타이르며. 사랑은 삶의 모든 국면에 자리하고, 모든 이별의 끝에는 결국 죽음이 올 테니까.

하루가 저문다. 천천히 푸른 하늘의 색이 변하고, 태양빛은 잠시 붉게 타오르다가 꺼져갈 것이다. 쇼팽이 남긴 시, 그의 전주곡들이 내 귓가에 울리는 동안, 어떤 이는 행복하고 어떤 이는 불행한, 누군가에게는 아주 따스하고, 그 누군가에게는 몹시 추울 이 저녁

이 어둠에 잠길 것이다.

쇼팽의 음악이 있기에 나의 저녁은 보통의 저녁과는 다른 것이 된다. 이 저녁은 시간과 공간을 넘어서서 음악이라는 부드러운 슬픔에 잠겨 영원을 향해 흘러간다. 쇼팽, 그의 외로움이, 그의 기쁨이, 그의 죽음과 꽃잎과 빗방울이 이 고즈넉한 저물녘에 함께 흐른다.

물론, 이것은 무언가의 전주곡이 될 것이다. 그의 음악을 듣는 이 짧고도 영원한 순간이.

도약

음악은 물질적 세상을 벗어나며, 우리도 그 세상에서 벗어나게 해준다.[2]

앙드레 지드

음악을 말로 표현한다는 것은 비물질을 물질로 만들어내는 일과 흡사하다. 음악은 보이지 않는다. 이 보이지 않는 격동을 보이는 어떤 것으로 바꾸는 것은 당연히 쉽지 않다. 저 살아있는 음의 파동이 만들어내는 것은 그 어떤 말보다 강력하기에. 음악은 또한 음악 자체를 넘어서는 어떤 것이다. 말로는 다 표현할 수 없는, 말보다 더 큰 것들이 시 안에 있듯이, 음악 안에는 음악보다 더 많은 무언가가 있다.

쇼팽은 무엇으로 음악들을 만들어냈을까. 그의 질료는 무엇이었을까.

조국 폴란드와 가족에 대한 그리움, 그의 가슴에 언제나 살아 숨 쉬었을 선율에 대한 단순하고도 강렬했던 사랑, 자유로운 정신과 타고난 재능, 예민하고 순수했던 그의 성정이 그런 음악을 만들어내게 했을까. 충분히 상상할 수 있고 이미 알려진 그런 것들에 더해, 나는 쇼팽의 더 내밀한 요구들이 궁금해지는 것이다. 무엇이었을까, 그의 음악에 은밀한 질료가 된 그것들은!

에밀 길렐스가 연주한 그의 폴로네즈 6번을 들으며 내 가슴은 한없이 두근거린다. 쇼팽은 음악을 사랑했고, 그 사랑이 깊은 절망 속에서도 희망을 피워냈다는 것을 이 음악이 이토록 생생히 증명하기 때문이다.

인간이 만들어낸 것 중에 가장 아름다운 것은 음악이다. 음악은 인간 이전부터 있었으니 인간은 그것을 자연에서 발견해내는 것뿐이라고 한다면, 그렇다면 더욱. 이 병든 세계에 깃든 음악을 발견하는 일이란 얼마나 아름다운가. 나는 음악에 대해 박학하지도 다식하지도 않지만, 음악이 주는 기쁨에 무감하지도 않다.

이 글을 쓰면서 쇼팽을 다시 만나고, 새롭게 발견하고 있다. 쇼팽의 음악 안에 있는 음악보다 더 많은 것들을 찾고 있다. 그것이 늦었다거나 이제야 발견해서 안타깝다는 생각은 들지 않는다. 다만 이 만남의 기쁨만이 마음을 가득 채운다. 몰랐던 것을 알게 된다는 것, 내게 없었던 무언가와 마주친다는 일의 기쁨.

사실, 새로운 무언가를 발견하는 일이야말로 인생에서 누릴 수 있는 최선의 것이 아닐까 싶다. 더구나 그것이 쇼팽의 음악이라면…

오늘은 매우 쾌청한 날씨다. 하늘이 푸르고 공기는 맑다. 밤이 오면 검은 하늘에 점점이 별이 박혀 하얗게 빛나리라. 겨울의 이 쨍한 추위를 좋아한다. 추위는 비물질적인 감각이고, 겨울은 육체보다 정신에 호소하게 하는 계절이다. 매서운 바람이 불고 길에는 군데군데 얼음이 얼어 있을 때, 혹은 흰 눈이 메마른 나무들 위에 소리 없이 쌓여갈 때, 겨울은 겨울만의 음악을 연주한다. 추위의 음악. 얼어붙은 대기의 음악. 검은 겨울나무가 부르는 노래.

물질이 물질을 벗어나는 순간의 감정들을 쇼팽은 음악에 담아놓았다. 그의 음악에서 흘러가는 강물의 노래를, 천천히 쌓이는 눈의 연주를 듣는다. 모든 물질이 상상하는 물질이 아닌 세계를 꿈꾼다.

시는 물질에서 벗어나는 문장들이다. 어떤 심연을 향해 솟구치는, 도약이다. 그런 도약의 공간 안에 쇼팽의 음악이 있다. 그래서 쇼팽의 음악을 들을 때, 나는 인간임을 잊고 싶어진다.

나는 유기체로 된 하나의 생물로서, 물질성에 사로잡힌 한 육체로서 그의 음악을 듣는 것이 아니다. 쇼팽을 들으며 시의 공간 속으로 솟구친다. 나의 존재 중에 무언가가, 마음속에 갇혀 있던 무언가가 감췄던 모습을 드러내고 음의 파동에 따라 끝없이 이어진 눈 쌓인 길을 걷고, 흘러가는 강물의 물결을 본다.

음악은 우리를 이동하게 한다. 어딘가로, 우리가 결코 도달할 수 없어 안타까운 어떤 장소를 향해, 음악이 우리를 인도해준다. 쇼팽의 음악은 바로 그 장소를 향해 있고 그래서 그것을 단지 아름다운 선율이라고 말하기엔 뭔가 부족한 느낌이 든다.

그 선율은 하나의 감정이고, 움직임이고, 갈망이다. 다른 가치로는 치환할 수 없는 불변하고 유일한 갈망. 그 갈망은 우리가 욕망이라고 부르는 것과는 다른 갈망이다. 그것은 우리의 정신 속에서 우리를 끌어올리는 하나의 '부름'이다.

그 부름이 우리를 인도하는 곳, 아마도 이 세계의 이면에서 음악은 울려퍼지는 것이다. 세계의 이면, 그 장소는 어쩌면 우리가 진실 또는 진리라고 부르는, 늘 갈구하지만 닿을 수 없는 어떤 곳일 것이다. 닿을 수 없는 진리에, 그 핵심에 다다르지 못하는 우리는 얼마나 목마른지. 그 닿을 수 없음 때문에 진리는 언제나 진리일 수밖에 없는데, 그럼에도 불구하고 거기에 닿고자 우리는 얼마나 고달픈 여정을 계속하는지.

그리고 막상 어딘가에 도달하고 나면 그것이 지닌 흉측하고 두려운 형상 앞에서 우리가 얼마나 절망하는지.

쇼팽의 음악을 희망이라고 부르고 싶다. 음악이야말로 우리에게 남은 유일한 희망이라고 말하고도 싶다. 그것은 또한 시의 희망이기도 하다. 세상의 희망들이 때로는 변덕스럽고 우아하지 못하며, 대개 허상이거나 심지어 폭군이라는 것을 알고 있다. 번쩍이는 쾌락과 위선과 욕망이 희망이라는 가면을 쓰고 우리를 유혹하고, 내 눈에 들보를 씌운다는 것을.

나는 세상에서 감춰진 것들을 찾아다녔고, 보이지 않는 것들을 보려고 애썼다. 시를 썼고, 시를 쓰면서 고통과 어둠을 희망보다 더 가깝게 느꼈다.

그 고통과 어둠 속에서 쇼팽을 들을 때, 그의 순수한 절망을 느낄 수 있다. 아픔에 대한, 고독과 우울에 대한 시. 그러나 그렇기에, 그 순수한 절망이 불러내는 순전한 기쁨 역시 느낄 수 있다. 그것은 아름다움에 대한, 희망에 대한 끊임없는 노래이기도 하다.

그래서 도약에 대해 생각한다. 음악 속에서, 음악이 이끌어내는 도약. 쇼팽이 병약한 육신과 고독한 현실 속에서 끊임없이 감행했던 도약. 사라진 사랑과 자신을 덮친 병 앞에서도 끝끝내 놓지 않았던 그의 음악, 그것이 바로 그의 도약이었다.

어찌 보면 인간에게 있어 도약이 없다면 우리가 살아갈 이유가 무엇이 있을까. 우리는 우리의 한계를 알아야 하고, 그 한계를 뛰어넘어야 한다. 뛰어넘음, 그 이동이 음악 속에서 약동한다. 겨울의 추위를 잊게 하고, 상처받은 마음을 치유하며, 우둘투둘한 현재 위에서 매끄러운 미래를 꿈꾸게 한다. 용기와 불굴의 의지를 갖게 한다.

음악이라는 희망, 쇼팽이라는 불행했던 음악가가 가졌던 비전이 내 앞에 있고, 내 귀에 들려온다. 모든 물질적인 것들, 모든 불가능한 것들을 넘어서서, 쇼팽의 폴로네즈 6번을 지금 듣고 있다.

우리의 현실들, 구체적인 사물마다 어려 있는 이 '세계'라는 유한성을 쇼팽의 음악은 뛰어넘는다. 쇼팽은 그것을 너무도 잘 알았을 것이다. 음악이 어떻게 사물들을 팽창시키고, 변형시키며 그래서 추함을 아름다움으로 바꾸고 고통을 기쁨으로 만들 수 있는지.

마치 사물마다 깃든 신을 불러내듯이, 요정의 이름을 부르듯이 그는 자신의 선율로 이 세계에 마법을 걸었다. 그의 마법에 걸린 세계는 음악이 연주될 때마다 모습을 바꾸는 세계다. 내가 사는 세계의 이, 악몽처럼 끝없이 추락하는 모든 관계와 추악함이 아니라, 악몽에서 벗어나 비로소 맞닥뜨리는 진실의 빛나는 얼굴을 본다.

쇼팽이 나에게 들려주는 나른하고 평온한 선율의 마법에 걸린 채로.

그 마법에 걸려 이 생을 살아가고 싶다. 음악의 마법에서 깨어나고 싶지 않다. 내가 추악한 세계 너머의 빛나는 진실을 언제나 볼 수 있기를 바란다.

그것은 몽환이고 몽상이지만 그러나 또다른 개안이기도 하다. 음악이라는 또다른 눈, 그 눈으로 바라보는 세계의 진실은 추악하지 않다. 그것은 쇼팽의 음악처럼 빛나고 아름답다.

그것이 설사 곧 사라지고 말 순간에 불과하다고 해도, 그런 순간을 끊임없이 갖기를 원한다. 아마도 순간의 영원을 꿈꾸는 것이 음악의 궁극적인 장소일 것이다. 어차피 영원이란 순간이 모인 것이 아니던가. 그렇다면 쇼팽의 음악으로 채워진 순간을 더 많이 갖고 싶다, 가장 순수한 열락의 그 순간을.

기다림

눈이 내린다. 내내 눈이 오기를 기다렸던 마음이 폴폴 내리는 눈을 보며 스르르 풀어진다. 눈을 바라보며, 기다림에 대해 잠시 생각해본다.

눈은 마냥 기다린다고 오지는 않는다. 일기예보를 좋아하는 나는 예보에 눈 소식이 있으면 항상 두근거리며 눈을 기다리곤 하지만, 일기예보는 너무 자주 빗나가고, 늘 예상하지 못했던 순간 눈이 내려버린다.

나는 기다리는 것 역시 좋아해서 늘 뭔가를 기다리는데, 기다리는 어떤 것도, 잘 오지 않는다. 실은, 기다린다는 건 오지 않는다는 뜻이기도 하다. 우리는 오지 않는 것을 기다리는 것이고, 이미 온 것을 기다리는 사람은 없으니까.

기다림이라는 말 자체를 좋아한다. 물론 오지 않는 것을 기다리는 마음은 슬프지만. 기다리는 사람은 오지 않고, 기다리는 버스도 오지 않지만.

그러나 기다리는 마음처럼 굳건한 것이 또 있을까. 기다림의 기쁨은 대상이 왔을 때의 감격에 있기보다는, 오히려 기다린다는 행위의 그 끈질김에 있는 것 같다. 기다릴 무언가가 있을 때, 비로소 행복하다. 그 대상에 집중하며 모든 감각이 깨어나고, 모든 권태가 사라지고, 세계는 서늘하게 선명해진다.

기다릴 때, 내가 살아 있다는 것을 느낄 수 있다.

쇼팽은 연인 조르주 상드를 기다렸다. 마요르카 섬, 발데모사 수도원에서, 비 오는 어느 날. 그의 기다림은 프렐류드 15번을 탄생시켰다.

비가 오고 있었고, 사랑하는 사람은 오지 않았다. 기다리는 사람이 오지 않을지도 모른다는 초조함은 그의 예민한 마음을 얼마나 불안하고 아프게 했을까.

기다림 때문에 우리는 얼마나 자주 힘든가. 기다림의 끝에 무엇이 올 것인지, 기다리는 동안에는 결코 알 수 없으니까 말이다. 그러나 그 기다림이 열정이 되어, 쇼팽으로 하여금 우리가 지금 '빗방울 전주곡'이라고 부르는 이 아름다운 곡을 만들게 했다.

예술의 진정한 양식은 기쁨이 아닌 슬픔이고 불안과 절망이라는 생각이 다시금 든다.

슬플 때마다 시를 쓴다. 무언가를 기다리지만 그 기다림에 대한 응답은 오지 않을 때, 아니 그것이 오지 않을 거라는 걸 잘 알면서도 무언가를 기다려야만 할 때, 아프고 힘들 때. 행복하고 말끔한 마음만으로는 시를 쓸 수 없다. 깊은 물속을 하염없이 들여다보는 것처럼, 슬플 때 내 마음은 투명해지고, 눈물은 커다란 영감이 되어준다.

때로 나는 스스로를 기다리는 마음이 되기도 한다. 영영 오지 않는 나 자신, 거울에 비친 스스로를 기다리는 마음을 설명할 수 있을까. 사랑하는 이의 눈빛 속에서 나를 찾고, 기다린다. 밤하늘의 별들 속에서, 또는 펑펑 내리는 눈 속에서 기다린다, 결코 응답하지 않는 나 자신을. 그러나 늘 찾아 헤매는 내 모습은 아무리 기다려도 보이지 않는다.

삶은 그렇게 엇갈린 기다림으로 채워져 있고 그래서 우리는 끊임없이 삶에 목마른 것인지도 모른다.

사실 기다림에는 어떤 구원도 없다. 그저 기다릴 수 있을 뿐이다. 기다리는 대상이 왔을 때, 우리는 또다른 기다림을 시작하기 때문이다. 멀리 있는 무언가에 대한 채워질 수 없는 소망, 그것 자체를 예술이라고 말해도 좋지 않을까.

쇼팽이 처음 조르주 상드를 만났을 때, 그녀와 사랑하기 시작했을 때, 사랑하는 이와 함께 마요르카 섬으로 떠났을 때… 그는 행복했을까. 그에게는 음악이라는 대상이 있고, 그로 인해 사랑의 기쁨이 더 커지기도 했을 것이다. 그러나 기다림을 끝낼 수는 없었다. 기다림이란 함께 나눌 수 있는 것이 아니기에.

그는 음악을, 더 아름다운 음률을, 더 섬세한 노래를 언제나 기다렸을 것이다.

그것을 쉽게 불행이었다고 단정 지어 말할 수는 없다. 쇼팽이 우울하고 불행한 삶을 살다 간 음악가로 느껴지지 않는다. 쇼팽의 음악을 들을 때, 거기엔 절망의 기쁨이 있고 조심스러운 격동이 있으며, 무엇보다 음악에 대한 열정이 숨 쉬고 있음을 알 수 있기 때문이다.

음악을 사랑했고 음악을 기다린 사람의 기쁨, 놀라운 삶에 대한 에너지가 그의 음악 속에는 살아 있다. 그토록 오랜 세월을 지나, 그의 죽음과 사랑과 비극적인 운명을 지나, 지상의 온갖 희로애락을 건너서 내게 와닿는 그의 메시지는 오직 음악에 대한 사랑이고 무한한 기다림의 기쁨이다.

그러고 보면, 우리가 삶에서 마주치는 우연들 또한 단지 우연한 것이라고 말할 수 없을 것 같다. 그동안 우리는 언제나 뭔가를 기다려 오지 않았던가.

우리에겐 우연한 만남을 통해 누군가와 행복한 한 시절을 보낸다거나, 우연히 아름다운 음악을 발견하여 큰 위안을 얻을 때가 있다. 그러나 그것이 그냥 우연이기만 할까. 매 순간 우리는 어떤 사람을 만나기를, 위안을 줄 만한 어떤 것을 발견하기를 기다리고 있던 것은 아니었을까.

인생에는 아직 만나지 못한 것들이 너무도 많이 있다. 나 자신조차도 다 만나지 못했다. 기다림으로 채워진 인생은 고달프고 어려운 것이지만, 또한 한없이 즐거운 것이기도 하다. 아직도 기다릴 무언가가 남아 있다는 사실이 기쁘기에 살아갈 힘을 얻는다. 기다릴 대상이 없다면 인간은 아마도 외로움이나 무기력에 짓눌려 버릴 것이다.

쇼팽의 기다림. 방울방울 떨어지는 눈물 같은 그의 음표들. 그의 슬픈 기다림이 이토록 섬세하고 열정적인 음악이 되었듯이, 우리의 기다림 역시 언젠가 무언가의 형상으로 우리 앞에 나타날 것이다. 기다리기 때문에 우리는 슬프고 안타깝지만, 바로 그 안타까움이 없다면 우리에게 무슨 사랑이, 어떤 기쁨이 남겠는가. 가장 안타까운 사람은 더이상 아무것도 기다리지 않는 사람일 것이기에.

기다림을 즐기고 싶다. 기다림 이후의 그 어떤 대가도 바라지 않고. 시간에게 우리는 이미 많은 대가를 치렀지만, 내 기다림은 기다림 자체로 순수하다.

사랑하는 사람을 기다릴 때, 오지 않는 눈을 기다릴 때, 내가 가장 아름답다고 느낀다.

지난여름, 아빠가 돌아가셨다. 아빠는 갑작스런 병으로 병상에 누워 지난봄을 보냈고, 아빠 곁에서 장미가 피고 지는 것을 보며 그 계절을 지나쳤다. 병원에 가면 마른 몸으로 침대에 누운 아빠가 나를 기다리고 있었다. 아빠는 시한부의 그 몇 개월을, 그래도 뭔가를 기다리면서 살았다. 곁을 지키던 엄마가 자리를 비우면 엄마가 돌아오기를 기다렸고, 친구들과 가족들이 병원에 찾아와주기를 기다렸다.

임박한 죽음과 췌장암의 고통 속에서도 아빠가 기다린 것은 삶의 작은 위안들이었고, 그 기다림이 아빠를 지탱해주었다. 아빠가 죽음 너머의 무언가도 기다렸는지 알 수 없지만, 돌아가신 아빠의 얼굴을 보며 인간이 평생 기다리는 긴 평화를 보았다.

우린 어쩌면, 삶 너머의 죽음과 죽음 너머의 삶을 기다리며 이생을 살아가고 있는지도 모른다.

아빠는 음악을 좋아했다. 드보르자크의 신세계 교향곡을 듣던 아빠를 기억하고 있다. 아빠가 나에게 주신 것들이 많지만, 음악에 대한 사랑이 그중 가장 좋은 것이었다. 음악이 주는 위안과 즐거움을 아빠 덕분에 깨우쳤다. 아빠를 많이 사랑했고, 돌아가셨을 때 너무도 마음이 아팠다. 함께 쇼팽을 들을 수 있다면 좋을 텐데, 이제 아빠가 오시기를 기다릴 수는 없다.

기다림은 무한정 주어지는 것이 아니다. 기다림 역시 우리에게 주어지는 한때의 행복일 뿐이다.

어쩌면 기다림은 우리가 가진 무수한 착각 중 하나인지도 모르겠다. 하지만 나는 지금도 기다린다. 문득 찾아올 것들, 저녁을 기다리고, 집으로 돌아오지 않은 가족을 기다린다. 물이 끓기를 기다리고, 이제 그만 눈이 그치기를 기다리며, 차가운 겨울바람 속에서 봄을 기다린다.

아직 오지 않은 삶의 묘연한 순간들은 얼마나 많은가. 아직 내가 만나지 못한 나의 문장들, 나의 시를 기다린다. 쇼팽이 기다렸듯이, 하나하나의 빗방울들이 공중에서 맺혔다가 이윽고 땅으로 떨어지듯, 그렇게 나에게 다가올 많은 순간들을, 마치 "삶 속의 어린 아기"[3] 같은 순간들을.

불일치

몹시 추운 날이다. 날선 추위가 감각을 무디게 만들고, 나를 둘러싼 세계는 현실감을 잃는다. 꿈으로 직조된 두꺼운 옷을 입고 보는 세계는, 뭔가 엇갈린 것처럼 비틀려 있다.

이 비틀린 세계에서 혼자 카페에 앉아 디누 리파티가 연주하는 쇼팽의 왈츠 9번을 듣는다. 쇼팽을 들으면서 요즘 자주 떠올리는 것은 어떤 '불일치'의 감각이다. 엇갈리는 것, 일치되지 않는 것들이 가진 아름다움이 있다. 또는, 모든 아름다움은 어딘가 엇박자로 되어 있다.

아름다운 것은 현실과는 어울리지 않는다. 아름다움 자체에는 무언가와 합일되지 않는 속성이 있기 때문이다. 그러므로, 폭력과 고통, 그로 인한 무감각으로 점철된 현실 세계, 이 세계에서 아름다운 음악을 듣는 일은 언제나 현실과는 불일치한다.

그러나 쇼팽의 노래가 현실과 완전히 불화하는 것은 아니다. 그의 음악은 현실을 표현한다. 현실의 슬픔, 우리가 겪어야만 하는 인간으로서의 감각들, 아픔과 어둠을 그는 사분의 삼박자에, 왈츠에 표현했고, 그것은 아련하여 새벽안개 속을 헤치는 것처럼 불확실하다가도, 인간의 한없는 절망을 확연하게 이야기한다.

버스에서, 사람들이 가득한 겨울의 카페 안에서 이 춤곡을 듣는다. 슬픈 이별의 노래를.

너무 많은 것들이 어긋난다. 아침에 눈을 떠서 맞이해야 하는 하루는 내가 원하는 하루가 아니다. 이 아침의 빛은 내가 생각하는 그 빛이 아니다. 그 무엇도 내가 바랐던 만큼 충분하지 않고, 너무 적거나 너무 많다. 나와 세계는 늘 빗나간다. 내가 기울어 있거나, 세계가 기울어 있다.

내가 기쁠 때 이 세상의 누군가는 어둠과 절망을 느끼고 있고, 따스한 커피를 한 모금 마실 때 또다른 누군가는 추위에 떨고 있다. 나는 심지어 나 자신과도 일치되지 않는다. 아름다움을 원하지만, 나 자신이 아름답다고 느낄 수 없을 때가 너무 많다. 아름다운 것을 볼 때나 아름다운 음악을 들을 때, 거기에 몰입하여 느끼는 감정은 현실과는 전혀 어울리지 않기 때문이다.

우리가 만들어놓은 이 현실은, 인공적인 모든 것들은 자연과 닮았을지는 모르지만 그 내면은 철저히 다르다. 우리는 자연이면서도 자연이 아니다. 그리고 쇼팽의 음악은 인간이 만들었다고 생각하기엔 너무 아름답다. 그 아름다움은 그러나 쇼팽이라는 한 사람의 손에서 나온 것이다. 그것 역시 자연의 것은 아니기에 묘한 불일치의 감각을 느끼게 만든다. 완벽한 아름다움 속에는 언제나 합일에의 요구와 함께, 그것을 비껴나가는 합일되지 못함의 안타까움이 존재한다.

무엇과도 합일되지 못하는 운명의 인간은 슬프다. 아무리 사랑하는 사람이라 해도 서로의 마음속까지 다 알 수는 없고, 완벽하게 다른 존재와 하나가 될 수 있는 존재는 없다. 그런데도 인간은 다른 무언가와 하나가 되기를, 합일되기를 원한다. 쇼팽은 아마도 자신의 음악과 합일되기를 꿈꾸었을까. 자신과 하나가 되지 못하고 빗나가는 음악들로 인해 절망했을까. 그의 고달팠던 생애는 그의 절망이었을까. 그렇다면 음악은 그의 기쁨이었을까.

그러나 그것이 그렇게 단순했다면, 그의 이 한없이 슬프고도 가벼운 왈츠의 선율들은 무엇일까.

단순하고 명료한 사분의 삼박자. 춤을 추기 위해 작곡하는 왈츠…

쇼팽의 왈츠, 그 발랄한 박자와 선율 아래에는 하나같이 슬픔이 깔려 있다. 이 애잔한 춤곡을 듣고 있노라면, 표현할 길 없는 불일치의 감각이 나를 괴롭힌다. 그것을 단순히 말하면, 나라는 사람과 내

시의 간극 같은 것이라고 할 수도 있다.

나는 시인이지만 생활인이기도 하다. 내가 지고 있는 짐은 단지 꿈을 꾸고 시를 쓰는 일로만은 해결되지 않아서, 종종 깊이 절망한다. 가족을 돌보아야 하는 개인적인 의무뿐 아니라, 이 사회에서 살아가는 한 인간으로서 많은 책무를 갖고 있고 그것을 다 이행하고 있지는 못하다.

나는 불완전하고 무력한 인간이다. 그것을 내가 꾸는 꿈과, 옮겨 적은 시들로 채울 수는 없다.

그 간극을 메우고자 가능한 한 많은 일을 한다. 저녁상에 올릴 국을 끓이고, 집 안을 깨끗이 치우고, 서랍을 정리하고, 그러는 틈틈이 시를 생각하면서. 메모장에 시를 적어가며 빨래를 개고, 쓰레기를 버리고 나서 빛나는 무언가를 생각하면서. 내가 시인이자 한 사람의 생활인이라는 것을 스스로 납득하려고 애쓴다. 그러나 아무리 애를 써도 언제나 무언가는 빗나가고 만다. 한 편의 시에 담긴 것들이 때로는 너무도 마음을 가득 채우지만, 때로는 몹시 무용해서 고통스럽다.

쇼팽 역시 그랬을까, 나는 감히 시인으로서의 절망과 쇼팽의 음악가로서의 절망을 비교해보려 한다. 상상해본다. 그의 빛나는 선율들과 한없이 아름다운 음악들, 그것을 만들어내는 사람으로서 그의 생애가 얼마나 비참했던가를. 그 불일치를 겪어내기 위해 그리고 끊임없이 새로운 음악을 만들어내기 위해, 그가 얼마나 힘겨웠을까를.

안개 속을 헤치는 흰 손가락들. 아름답고 긴 손가락들은 그러나 어디에도 닿지 않는다. 그의 왈츠를 들으며 그런 이미지를 떠올리고 있는 지금, 혹한의 서울, 광화문의 한 카페에서도 무심한 시간은 흐른다. 사람들은 내 주위를 스쳐가고 나는 이 세계 속에 있으나 그 어디에도 들어맞지 않는다.

아마도 쇼팽 역시 그러했을 것이다. 청중 앞에서 자신의 곡을 연주할 때도, 사랑의 여행을 떠났을 때도. 언젠가 현실과는 미묘하게 어긋나 있었을 것이다. 다만 그의 왈츠는 모든 시공간을 뛰어넘어 지금 내 마음에 확실히 와닿는다.

아마도, 그는 음악 속에서만 충만했으리라.

그는 자신을 바쳤다. 음악이라는, 현실에서는 별로 돈을 많이 벌 수도 없고 큰 소용도 없는, 실체와 형상을 갖지 않은 그 가치를 위해 모든 것을 다 바쳤다. 그랬기 때문에 그의 음악은 인간의 것보다는 신―종교적인 의미가 아닌, 인간을 초월한 어떤 것―의 것에 더 가까워져 있다. 현실과 불화했기 때문에 그의 음악은 절대적인 가치를 갖게 되었다. 인간이 인간을 초월하다니, 그럴 수 있을까? 그러나 인간은 정말로, 때로 자신을 초월하기도 하는 것이다. 그것을 쇼팽의 음악이 증명한다.

인간에게는 인간 이상의 무언가가 있다. 음악은 언제나 그것을 표현하는 것 같다. 인간 이상의 어떤 것, 인간이지만 인간이 아니기도 한 우리의 무력하지만 아름다운 그 무엇을.

아마도 그것은 우리의 감각이 현실과 불화하는 지점에서 발생하는 것 같다. 감각은 현실이지만, 그 감각을 통해 전달되는 것들은 우리의 현실을 벗어난다. 그래서 많은 사람들이 무의식에 대해 탐구한다. 인간이라는 우주에서 아직 발견되지 않은 그 무한하고 방대한 세계. 음악은 우리의 감각에서 발생되고 전달되지만, 그것의 의미는 무의식 속에서 확장된다.

바다가 나오는 꿈을 자주 꾼다. 때로는 푸르고 때로는 검은 바다가 내 안에 있기 때문이리라. 무의식의 바다. 꿈을 통해서 내게 보이는 그 바다는 현실에 있는 바다와는 많이 다르다. 그것을 시로 표현해내려 애써본다. 이미지들이 있고, 감각들이 있고, 단어들이 있다.

우리에게 허락된 기호는 그리 다양하지 못하다. 그러나 그 기호들에 담길 수 있는 것은 거의 무한하다. 인간이 인간이기를 멈추지 않고 존재해온 것은, 아마도 우리가 표현할 수 없는 무의식의 바다가 아직 무한하기 때문이 아닐까.

쇼팽이 표현해낸 인간 이상의 것들은 그의 기호들 안에 담겨 있다. 음악이라는 기호로, 선율과 박자와 악상으로서. 우리와 닮았으나 완벽히 똑같지는 않은, 우리 이상의 것들이 쇼팽의 음악 속에, 단순하고 명료한 사분의 삼박자 안에 깃들어 있다.

그의 음악을 들으며 내 꿈속의 바다를 떠올린다. 이 세계의 무엇과도 일치하지 않으며, 단지 무한하게 빛나는 그 푸른 바다를.

사랑

기억

올해 초, 겨울 바다를 보았다. 이국의 바다였다.

짐을 꾸려 공항을 통과해서 비행기를 타고, 한 시간쯤의 비행 후에 다시 공항을 나와, 낯선 숙소에 머물며 낯선 음식을 먹었다. 이름을 알 수 없는 음식들은 맛있었고, 썩 맛있지는 않아도 그저 낯설기 때문에 좋았다. 친구와 나는 할 수 있는 한 많이 걸었다. 부슬부슬 비가 오는 공원을 괜히 헤매기도 하고, 텅 빈 사거리에서 쏟아지는 비를 피하며 서 있기도 했다.

후쿠오카 텐진의 해피 뉴 이어였다. 여행자로서 맞는 새해는 어쩐지 특별하게 느껴졌다. 그곳에서 내 남은 삶을 여행처럼 살고 싶다는 생각을 처음으로 해보았다.

여행 두 번째 날, 우리는 기차를 탔다. 낡은 완행열차를 타고 일본의 시골 마을에 비가 내리는 모습을 창밖으로 내다보며 모지코 항으로 갔다. 작고 아름다운 항구였고, 바다에는 가는 비가 내리고 있었다. 회색 하늘 아래 잔잔한 회색의 물결. 가끔 날아오르는 커다란 갈매기들을 보았다.

고 밤이 되자 나무마다 색색의 전등이 켜졌다. 그렇게 저녁 바닷가를 산책하는 동안 여러 가지 기억들이 떠올랐다. 무심한 사람의 얼굴 같은 조용한 바닷가에서 사랑하는 사람들의 이름이 하나씩 가슴속에 떠올라, 천천히 새겨지다가 가만히 사라졌다.

그것이 가장 최근에 본 바다의 모습이었다.

삶이 여행이고, 나는 그 삶의 언저리를 떠도는 여행자라면 좋을 것 같다. 그러면 삶의 국면들을 무심히 바라보다가 남김없이 지워버릴 수 있을 테니까.

그러나 나는 내 삶에 있어서는 여행자가 아니다. 그렇게 될 수 없는 이유는 많지만, 무엇보다 큰 이유는 내가 삶과 내 삶의 사람들을 사랑하기 때문이다. 사랑하기 때문에 때로는 그들을 미워하고, 미워하다가도 갑자기 밀려오는 사랑의 감정에 나를 내맡긴다. 결코 잔잔하지만은 않은 그 사랑의 물결은 나를 옥죄기도 하고 갈가리 찢어버리기도 한다.

나는 헛된 것에 매혹당하고, 갈망하고 기다리고 실망하고, 울고 웃으며, 남겨진 삶의 그 무엇을 하나도 남기지 않고 다 써버리려고 하는 충동에 시달린다. 사랑하기 때문에 절망하지만 그 절망을 멈추려고 하지는 않는다.

사랑은 바다 같다. 바다처럼 깊고, 투명하지만 그 깊이 때문에 바닥을 들여다볼 수는 없는 어떤 것. 바다처럼 거대하고 도대체 통제할 수 없는 것. 범할 수 없는 자신만의 규칙을 갖고 있으며, 절대로 다 갖거나 다 없애버릴 수 없는 것이 사랑이다.

사랑의 야만성, 그 정체 모를 커다란 짐승을 어쩌지 못하기 때문에 나는 무심한 얼굴의 여행자로 살 수는 없다.

간밤엔 꿈을 꾸었다. 높은 건물 위에 있다가 뻥 뚫린 창밖으로 발을 헛디뎠고, 아차 하는 순간 그대로 떨어졌다. 창밖은 망망한 바다였다. 밑에 바닷물이 있다는 걸 확인한 순간, 꿈속에서도 '그래도 바다로 떨어져서 다행이야'라고 생각했던 것 같다. 단단한 땅바닥으로 떨어진다면 그 추락의 끝은 더욱 끔찍할 테니까…

낙하의 아찔함 속에서 바닷물로 빠져들기 직전에 깜짝 놀라며 잠에서 깼다. 그런 아침을 맞이하고 난 후, 오늘은 어째선지 하루 종일 눈이 내린다. 흰 눈의 수직 낙하 그리고 눈의 죽음.

2월의 눈은 어딘가 처절하다. 겨울이 필사적으로 내뱉는 마지막 숨결처럼.

내리는 눈을 보면서 쇼팽의 에튀드를 듣는다. 이것은 '연습곡'이지만 너무도 완벽하고, 화려하고 장중하다. 삶의 어떤 순간에도 연음에만 그ㅇ런 수 없ㅇ는 듯 쇼ㅇㅇ에 예ㅇㅇㅇ 비ㅇ납고 비ㅇㅇㅇㅇ. 이 음률에는 음악으로서의 최선이란 이런 것이라고 말하는 것처럼, 그 어떤 배반의 냄새도 들어 있지 않다.

추락하는 눈송이들이 바닥을 향해 몸을 던질 때 그들은 절실하고 순결하다. 어떤 배반도 없는, 이 엄숙한 생의 찬미 그리고 죽음에 대한 찬가.

이것이, 이 눈이, 이 음악이 사랑의 모든 것이라고 말하고 싶다. 아름답고도 고통스러운 사랑의 모든 것이 이 음악과 함께 지금 흩날리는 눈발에 담겨 있다.

눈이 흰색이라는 사실이 좋다. 눈이 붉거나 푸른색이었다면 이렇게 아름답지 않았을 테니까. 눈 쌓인 나뭇가지들이 하얗게 자기 몸을 드러내는 것을 볼 수 없었을 테니까.

그러나 눈은 희고 아름답기 때문에 그만큼 빠르게 죽어간다. 그 흰 색깔로 세상의 모든 더러움을 덮지만, 그 더러움에 결국 물들고 녹아버린다.

사랑의 순결함 역시 그러하다. 사랑은 내 모든 더럽고 못나고 어두운 모습을 덮어주지만, 결국 검게 물들고 언젠가는 소멸하고 만다. 사랑의 그런 속성을 잘 알면서도 사람은 새로운 사랑을 기다리고, 사랑이 다가오면 결국 사랑의 기쁨과 슬픔, 숭고와 나락을 껴안고 만다.

사랑은 바다와 같고, 사랑은 눈과 같고, 그렇지만 그 무엇과도 치환되지 않는다.

쇼팽의 사랑은 어땠을까? 쇼팽 역시 한 인간이었고, 사랑 앞에서 절망하는 한 사람의 남자였다. 소심하고 예민했으며 상처를 두려워했던. 그의 사랑에도 기쁨과 순수함과 고통스러움과 지난한 시절이 있었을 것이다.

그가 사랑했던 여인들의 흔적들이 있다. 콘스탄치아와 마리아, 조르주라는 이름이 있다. 그리고 그가 남긴 음악이 있다. 아마도 사랑의 기쁨에서 촉발된 영감으로 그리고 사랑의 절망에서 비롯된 내면의 고통으로 만들어졌을 음악들. 그가 바다처럼 야만스럽고 눈처럼 눈부시게 흰 그 사랑의 감정들과 싸우며 만들어낸 음악들은 세상의 무엇과도 견줄 수 없는 보석이다.

그 아름다운 결정들을 빚어내기 위해 단지 한 인간이었을 뿐인 쇼팽은, 어떤 대가를 치러야 했을까.

✧

우리에게는 '기억'이라는 장치가 있다. 과거를 되살리는 장치, 지난 일을 다시 떠올리고 곱씹어볼 수 있는 기회. 기억이 없다면 과거도 없고, 그렇다면 현재도 미래도 없다. 기억이 없다면 나 자신이 없는 거나 마찬가지다. 그래서 기억이 없으면 사랑조차 불가능하다.

나는 올해 초에 본 바다를 기억하고, 조금 전에 내린 눈을 기억하며, 언젠가 한 치 앞도 보이지 않게 몰아치던 사랑의 감정을 기억한다. 모지코의 회색 바다를 기억하기 때문에 그리고 쇼팽의 음악을 기억하기 때문에 지금의 내가 있다.

사랑하는 쇼팽의 음악.

망각해서는 안 되는 것이 너무 많다. 나의 사랑, 기쁨, 고통뿐 아니라 타인의 삶과 사랑, 타인의 고통을 기억하는 일 역시 중요하다. 오래전에 지상에서의 삶을 치르고, 모든 사랑에 실패했으며, 고독 속에서 음악들을 만들어낸 쇼팽이라는 음악가를 기억할 것이다.

내 고통이 아니라 해도 그것은 숭고하고 아름다운 고통이었고, 그 고통을 통해 태어난 음률을 내가 지금 듣기 때문이다.

사랑과 기억이라는 두 가지 테마는 그렇게 연결된다. 기억할 수 없다면 사랑조차 할 수 없는 인간으로서, 아름다운 음악에 매료되는 한 존재로서 쇼팽을 사랑하기에 그를 기억한다. 기억하고 싶다, 그의 고통, 그의 사랑과 절망을.

그리고 이 세상의 사랑할 수밖에 없는 것들에, 바다에 몸을 던지는 흰 눈처럼 투신하고 싶다. 그것이 비록 아찔한 높이에서 추락하는 것일지라도, 그것이 설사 허공으로 발을 헛디디는 일이라고 할지라도.

나는 어떤 사랑도 멈추고 싶지 않다.

쇼팽의 사랑

사랑에 대해 말한다면, 우선 내가 사랑하는 사람들과 나의 시가 떠오른다.

시를 사랑한다. 그리고 어떤 사람들을 사랑한다. 그것을 나 자신도 완전하게는 이해하지 못한다. 그것이 정말 진심이라고 자신 있게 말하지도 못하겠다. 그저 거짓이 아니라고 말할 수 있을 뿐이다.

사랑하기 때문에 사랑할 뿐, 어째서 사랑하는지도 잘 모르겠다. 단지 그것이, 그 사람들과 시가, 나를 살게 하고 동시에 나를 죽게 할 수 있다는 것을 알 뿐이다.

쇼팽은 많은 것을 사랑했다. 그는 다른 사람들처럼 그의 가족을 사랑했고, 친구들을 사랑했다. 그가 남긴 편지들을 통해 우리는 그것을 알 수 있다. 폐결핵으로 어린 나이에 죽은 그의 누이 에밀리아. 그의 친구 티투스. 그가 젊은 날에 사랑했던 콘스탄치아의 소프라노 음성, 그가 청혼까지 했던 마리아 보진스카 등 그의 주위에 있던 여인들을 상상해볼 수 있다. 그리고 오랜 시간 그의 곁에 머무르며 모성적인 사랑을 베푼 여인, 조르주 상드에 대해서도.

사랑의 양면성과 야만에 대해 굳이 더 말하지 않아도, 쇼팽처럼 예민한 성정을 가진 사람에게 여인들과의 관계는 쉽지 않았을 것이다. 그러나 그가 사랑에서 느낀 절망 못지않게, 사랑을 통해 큰 위안을 얻었다는 것은 분명하다. 그렇지 않았다면 그의 저 섬세하고 부드러우면서도 환희와 애수가 동시에 어린 음악들에 대해 설명하기가 너무 어려울 테니까 말이다. 쇼팽은 사랑의 기쁨을 알았고, 사랑할 줄 아는 사람이었다.

사랑에 빠질 때 우리는 행복하다. 인간은 홀로 태어나 홀로 죽을 수밖에 없는 존재인데도 끊임없이 누군가를 바라보며, 무언가 사랑할 대상을 찾는다. 사랑의 대상은 종종 삶을 이루는 조건이 되고, 사랑이 없다면 인간의 삶은 거의 와해될 것이다. 그것은 고독하고 슬픈 인간의 운명 같은 것이다.

우리의 전 생애를 걸쳐, 짧고도 긴 시간 동안 우리는 누군가를 찾아 헤매야 한다. 그리고 사랑의 기쁨이든 고통이든, 그 과정을 통해 단단해지고 성장하게 된다. 때로 사랑은 인간을 돌이킬 수 없이 슬프고 괴롭게 만들고, 어쩌면 그 상처가 영영 아물지 못할지도 모르지만, 아무것도 사랑하지 않는 인간이 인간으로서 성장할 수 있는 다른 방법이 있을까?

그것은 인간이라는 존재의 가장 큰 수수께끼인 것 같다.

사랑하는 대상에게 거부당했을 때, 사랑이 떠나갔을 때 사람은 가장 큰 상처를 입는다. 사실 사랑의 속성은 평형 관계가 아니다. 사람을 사랑하든 사람이 아닌 것을 사랑하든, 무언가를 사랑할 때 거기에는 기울기가 생겨난다. 더 많이 사랑하는 쪽이 언제나 더 고통스럽다.

그렇지만 사랑하는 일은 고통보다 먼저 행복을 준다. 당신을 사랑하기 때문에 고통스러울지는 몰라도, 또는 그 고통에도 불구하고, 나는 그 사랑으로 인해 행복하다. 너를 사랑하기 때문에 나 자신까지도 사랑할 수 있다.

그리고 나 자신을 사랑하지 않는다면 너를 사랑할 수도 없다.

쇼팽 역시 사람들을 사랑했다. 사랑으로 설렜고, 기뻐했고, 상처 입었으며, 고통스러워했다.

그러나 사랑할 대상이 있었기 때문에 그의 음악들이 탄생했다. 그 애절한 마음들이 쇼팽이라는 천재 음악가 안에서 아름다운 그만의 음악이 된 것이다. 그에게 사랑의 고통을 준 여인들에 대해서는 조금 원망스러운 마음이 들기도 하지만 그러나 그녀들이 없었다면 이 세상의 아름다운 음악들이 그만큼 줄어들었을 것이다.

그 절망이, 눈물이 그의 음악 안에 들어 있다는 것을 어떻게 부정할 것인가. 설렘이나 그리움, 외로움이 그를 통해서 그런 음악들이 된 것이 아닌가. 인간의 모든 감정들, 결코 밝고 아름답지만은 않은 인간적인 면들까지도 쇼팽이라는 음악가에게는 음악적인 질료가 되었던 것이다.

사랑을 좋아하고 사랑이라는 감정을 찬미하지만, 사랑에는 언제나 두 가지 얼굴이 있다는 것을 모르지 않는다. 그것을 견디는 일자체가 아마도 사랑의 위대한 측면일 것이라고 생각하는 편이다. 그리고 쇼팽은 외롭고 고독하게 사랑의 기쁨과 절망을 견뎌내면서, 최선을 다해 자신의 음악을 만들어냈다. 그것은 삶에 임하는 그의 용기고 헌신이었다. 그의 용기와 헌신이 없었다면 어떻게 이토록 멋진 음악을 들을 수 있겠는가.

무엇보다도 쇼팽이 음악을 사랑했기에 그것이 가능했을 것이다. 음악에 대한 사랑, 그것이야말로 위대한 것이 아니었을까.

사랑의 헛된 갈망, 헛된 기대… 그리고 망상과 환상에 사로잡힌 연약하고 우유부단한 인간의 속성. 사랑은 그런 인간적인 약점을 덮어주지는 않는다. 사랑은 오히려 사람을 더 인간적으로, 감정적이고 약해지게 만들고, 질투와 증오가 사랑의 또다른 이름이기도 하다. 예술가이기 이전에 한 사람의 남자였던 쇼팽에게 있어 사랑은 분명 커다란 시련이었을 것이다.

끊임없는 기침과 각혈을 안고 조르주 상드를 따라 마요르카로 가던 그 여행은 흔히 말하듯 낭만적인 사랑의 도피가 아니었다. 쇼팽에게는 재앙과 같은 마차의 덜컹거림, 섬 주민들의 냉대, 불편한 숙소와 나쁜 날씨가 그를 괴롭혔다. 그러나 사랑은 피하려 해봤자 피할 수 있는 것도 아니었다. 남성적이고 거침없는 여인을 사랑하게 된, 예민하고 섬세하며 수줍은 예술가로서 그는 사랑의 장소에 서 있었던 것이다. 그리고 그런 괴로움들을 그의 작품에 쏟아부었다.

그가 사랑의 힘으로 작곡을 했다기보다, 사랑의 고통 때문에 작곡을 할 수 밖에 없었을 거라고 생각해본다.

그가 그 시기에 작곡한 음악들인 E단조 전주곡과 B단조 전주곡 등을 들어보면 그가 얼마나 고통스럽고 아팠는지 느낄 수 있다. 서정적인 애상이나 사랑의 환희가 아닌, 비통하고 우울한 그 음조들. 그러나 그는 여전히 조르주를 사랑했다. 그 후로도 꽤 오랜 기간, 그는 그녀와 함께 지냈다.

사랑에 저항할 수 있을까. 그리고 사랑을 비난하거나 조롱할 수 있을까. 결국 몇 년 후엔 조르주가 쇼팽의 곁을 떠나게 되지만, 쇼팽은 죽음에 이를 때까지도 그 사랑을 놓지 못한 것 같다. 그것이 그에게 약이 되었는지 독이 되었는지는 알 수 없지만, 그는 그 사랑에 자기 자신을 던져 넣었다. 그리고 우리에게는 걸작들, 슬픔의 무늬였든 기쁨의 무늬였든, 그의 사랑이 닿은 장소에서 그가 온몸을 바쳐 작곡한 음악들을 남겼다.

누군가의, 그것이 쇼팽이라고 할지라도 사랑을 이해하기란 어려운 일이다. 사랑은 불가해한 지점에 자리 잡고 그의 주인을 뒤흔드는 것이기 때문에. 사랑은 이성적이고 논리적으로 따질 수 있는 것이 아니기 때문에.

사랑에 빠지면 선악의 구분이나 경계가 무의미해지고, 모든 윤리는 사랑으로 귀착된다.

그렇다면, 음악은 어디에 속한 것일까. 사랑의 윤리로 본다면, 음악은 어떤 영역에 있는 것일까.

음악이 단지 감정의 영역에 있다고는 생각하지 않는다. 음악은 조금 더 큰 영역에 있다. 쇼팽의 음악은 예술이고, 시고, 모든 배경이고 바탕이며, 모든 것의 핵심이고 주어다. 음악은 불가능한 것을 가능하게 만드는 것이다. 사랑과 비슷하지만, 사랑보다 더 충분하다. 한편으로는 사랑도 음악이고, 음악이 사랑이기도 하다.

인간에게 주어졌지만 인간을 넘어서는 것, 우리를 위안하지만 우리 너머의 것. 심장 박동의 가장 밑바닥에서부터 비롯되어 똑바로 볼 수 없는 흰 빛의 눈부심까지, 우리가 아는 가장 사실적인 것이면서 우리가 아는 가장 아름다운 것들보다 더 아름다운 것.

사랑에는 그리고 음악에는 도덕이나 진리의 자리가 없다. 사랑이나 음악은 애초에 그렇게 만들어지지 않는다. 다만 우리는 거짓으로는 사랑할 수 없고, 거짓의 자리에서는 음악을 들을 수 없을 따름이다. 그것은 우리 자신을 넘어서는 영역에 있다.

쇼팽이 그렇게 사랑한 것들, 사랑한 사람들과 지상에서의 나날들, 그가 만들어내고 연주했던 음악들, 그의 손끝에서 피어올랐던 그의 음악들은 불가해하게 그를 살게 했고 죽게 했다. 그는 그의 음악들을 위해 헌신했고, 그것은 절대로 거짓이 될 수 없다.

사랑과 음악에 차이점이 있다면, 사랑은 변하지만 음악은 결코 변하지 않는다는 것이다. 사랑은 죽음을 맞이하지만, 음악에는 죽음이 없다. 불변히 는 것은 세상에 없고, 사랑 역시 소멸하지만, 음악은 변하지 않고 사라지지도 않는다.

그 불변의 아름다움을 창조한 사람, 쇼팽, 그의 사랑.

짐작할 수 있을 뿐인 그의 고통과 슬픔을 듣는다. 그가 남긴 음악을 통해서, 저녁의 어둠을 통과해 내게 전해지는 이 분명한 음률을 통해서. 짐작일 뿐인 그의 사랑, 그의 기쁨과 고통을 그러나 어떤 분명함과 확신을 갖고 짐작하며.

맨 얼굴

쓸 수 없다. 그러나 쓴다. 아무것도 쓰지 않으려 한다. 그러나 동시에 쓰고 있다.

사는 일은 쓰는 일이다. 때로 그것을 마주치지 않고 싶다. 할 수만 있다면 피하고 싶은 일. 그러나 그것을 피한다면 실지 않는 것이다.

그것을 지속하는 일에는 용기가 필요하다. 나 자신과 대면하고, 삶이 드러낸 맨 얼굴과 맞닥뜨리는 일. 나 자신이 되는 일. 다른 누구도 아닌 나를 사랑하는 일. '나'로서 살아가는 일.

사랑에는 언제나 용기가 필요하다. 다른 누구도 나 대신 사랑을 해주지는 않는다. 무언가를, 누군가를 사랑하는 순간 철저하게 나 자신이어야만 한다. 가장 솔직하고 꾸밈없는 내가 되어, 빛나는 순간을 느껴야만 한다. 그러므로 내가 사랑하는 일을 하기 위해, 사랑 그 자체를 갖기 위해 가장 밑바닥까지 내려간다. 쓰기 위해, 내 안의 심연과 만난다. 사랑하고, 쓰기 위해서 가장 추한 모습과 가장 아름다운 모습을 동시에 보아야 한다.

사랑한다면 그렇게 할 수 있다. 지금 사랑하고 있다면, 나는 살아 있는 나 자신이 될 것이다. 만약 사랑하지 않는다면, 사랑할 것을 찾을 것이다. 사랑 없이는 살 수 없으니까. 그래서 쓸 수 없는 동시에 쓸 수 있다. 쓰는 일을 사랑하기에, 그 불가능과 가능의 경계에서 끊임없이 맴돈다.

살아 있기에, 살아 있지 않을 수 없기에. 그래서 써야만 하기에.

사랑의 장면을 떠올려본다. 가장 최근에 본 사랑은 영화 〈캐롤〉(2015)의 두 여주인공이 한 사랑이었다. 캐롤은 테레즈를 사랑하기 위해 자기 자신이 된다. 자신의 현재를 부정하지 않고, 자신에게 중요한 것들을 버리면서까지 당당히 스스로를 인정한다. 그러기 위해서는 무엇보다 용기가 필요하다. 영화 속 그녀들의 사랑에서 용기를 보았다. 사랑의 대가를 치르는 용기, 서로를 바라보기 위해 다른 것들을 버리는 용기.

무엇보다, 자신들의 용인되지 않는 사랑을 스스로 받아들이는 용기. 서로를 향해 더 나아가는 용기.

그녀들이 부러웠다. 사랑의 아름다움은 오직 거기에 있는 것이다. 서로를 바라보는 눈, 그 눈 안에 들어 있는 가장 진실하고 절실한 자기 자신의 얼굴에.

사랑의 용기에 대해 생각하며, 쇼팽의 뱃노래, 바르카롤을 듣는다. 오늘 꽤 여러 번 이 음악을 듣는다. 반복해서, 내 안에서 그 음률이 저절로 되살아날 때까지. 비록 조르주 상드와 결별하기 직전인 1846년에 이 음악을 만들었기에 그의 뱃노래는 슬픔에 차 있지만, 그럼에도 이 악상은 환상적이고 아름다우며 새롭기 그지없다.

음악을 향한 사랑 앞에서 쇼팽은 용기 있는 사람이었다.

그가 우유부단했다고 말하는 사람들이 있지만, 그것은 단지 외면적인 그의 성격일 뿐이지 않았을까. 쇼팽을 직접 만날 수는 없지만 그의 말수가 적고 그가 수줍어했다든지, 병약하고 예민했다는 묘사에 전적으로 동의가 되지는 않는다. 하나의 면만 갖고 있기엔, 사람은 좀더 복잡하고 내밀한 존재다.

나는 쇼팽의 음악에서 그의 사랑, 그의 슬픔과 섬세함, 그의 부드러움과 상상력을 느낄 수 있다. 게다가 그는 음악적으로 누구보다 독보적이고 화려했으며 대범했다.

그의 음악을 들으면 그가 가졌던 삶에 대한 용기도 느낄 수 있다. 가족과 친구의 따스한 곁을 떠나 자신의 음악을 인정해줄 사람들을 찾아 나섰던 용기, 자신의 음악적 재능을 스스로 믿었던 용기, 끊임없이 그를 위협했던 병에 시달리면서도 작곡을 멈추지 않았던 용기, 누구도 시작하지 않았던 음악의 형식들을 확립한 용기. 그리고 사랑이 떠나갈 때에도 그 사랑을 부정하지 않았던 용기….

무엇보다 이 유려한 음률 속에서 쇼팽의 용기가 느껴진다. 용기가 없었다면 그는 결코 그런 음악들을 만들어낼 수 없었을 것이다.

그의 외면적 묘사에 의지해서 그를 평가할 수는 없다. 삶을 지속하는 일에도 용기가 필요하지만, 예술을 지속하는 것은 절망에서 수없이 일어서는 용기가 필요한 일이 아닌가. 예술은 죽음을 맞닥뜨리면서 죽음 속에서 기어이 살아가는 것이다. 외면하지 않고 회피하지도 않고, 고통 없는 삶에 안주하지도 않는 것이다.

그는 음악으로 말했고, 음악으로 사랑했다. 스스로의 비참한 모습을 고통스럽게 감내하면서, 오직 쇼팽 자신으로서 그는 음악과 대면했다.

음악의 얼굴. 그가 그려낸, 그의 친필 서명이 들어 있는 음악들의 맨 얼굴을 느낀다.

용기, 용기에 대해서 좀더 말해보자. 용기란 가능한 것인가. 용기가 가능하지 않다면, 사랑이 가당키나 할 것인가.

용기를 내기 위해서 있어야 하는 것들은 너무 많다. 먼저 나를 알아야 하고, 내 진짜 모습을 긍정해야만 한다. 그러고 나서 이 세계를 낙관적으로 바라볼 수 있어야 한다. 세계의 아름다움을 볼 수 있어야 하고, 그 아름다움 이면에 있을 수밖에 없는 추악함 역시 보아야 한다.

나는 초라하고, 인간은 비정한 존재다. 그리고 인간이 살아가는 이 세계는 갖가지 오물로 뒤덮여 있다. 그것을 알면서도 그 오물을 낙관적으로 바라볼 수 있을까.

어려운 일이다. 그러나 어렵기 때문에 그럴 만한 가치가 있다. 그 세계 속에서 그런 오물을 뒤집어쓰고 있으면서, 나에게 한 발 더 나아가라고 말한다는 것. 검고 어두운 심연에 갇힌 나를 끄집어 내어 역시 검고 어두운 세계의 그림자를 밟으라고 요구한다는 것.

참을 수 없는 고통 속에서 희망을 찾아내어 한 걸음을 더 내딛는다는 것. 인간은 그럴 수 있고, 그렇기 때문에 용기를 가질 자격이 있다.

그리고 용기를 가진 인간은 무언가를 사랑할 수도 있다.

사랑은 단순한 욕망이 아니다. 사랑은 단지 아름다운 것도 아니다. 오히려 욕망이나 아름다움을 포기해야만 얻을 수 있는 것이 사랑이다.

이 세상의 가장 캄캄하고 더러운 구석에 비치는 한 줄기 빛. 그 빛의 선명하고 따뜻한 감각.

인간은 그것에 자기 자신을 걸 줄을 안다. 인간의 어리석음에도 불구하고 지금까지 인간이 해온 모든 일들은 그런 행위였고 그래서 그 한 줄기 빛이 인간이 되기도 했다.

폭력과 전쟁, 살육과 투쟁. 그 모든 인간의 추악함에도 불구하고 한 줄기 빛이 되는 사람들이 있었다. 자신을 어딘가에 걸고, 무언가를 사랑한다는 일. 그렇게 한 걸음 앞으로, 앞으로 나아갔던 사람들이 있었다.

그들을 생각하면서 나는 쓴다. 쓰기 위해 용기를 낸다. 쓰는 일을 사랑한다. 온 마음을 다해, 목숨을 걸고 사랑한다. '쓸 수 없지만 쓸 수 있다'는 명제는 그렇게 성립된다.

그리고 쇼팽의 용기에 대해 생각한다. 삶이 곧 음악이었던 사람. 음악에 목숨을 걸었던 사람.

그의 용기가, 그의 사랑이 지금 내 귓가에 있다. 그는 자신의 맨얼굴을 음악 앞에서 끈질기게 드러냈고, 홀로 그것과 대면했다. 실패한 사랑과 고독 그리고 육신의 병이 그의 곁에 있었다. 불결한 세계가 그의 앞에 있었다. 그래도 그는 사랑을 지속했다. 멈추지 않고 한 걸음을 더 걸었다.

바르카롤, 그가 부른 뱃노래. 푸른 바다와 파도, 당당한 바람이 그의 음악 속에 숨 쉬고 있다. 이 아름다움을 부정할 수가 없다. 아무리 세계가 어둡고 추악해도, 그의 음악에 넘실거리는 이 용기를 외면할 수가 없다.

그리고 그의 음악을 들으며 용기를 낸다. 다시, 사랑하려고 애쓴다. 아무리 실패하고, 여러 번 미끄러져도 다시 일어나 한 걸음을 걸으려고 한다.

내 초라한 맨 얼굴을 사랑할 것이다. 다른 누구도 아닌 '나 자신'이 되어, 바로 그것을 송두리째 걸고 한 줄기 빛을 향해 나아갈 것이다.

아, 이 세상은 아름답다. 적어도 쇼팽의 음악이 있는 한.

사라지는 그림들

쇼팽의 음악, 그 환상적이고 여린 음색에서 음악으로 그린 그림을 본다.

다시 그의 바르카롤을 듣고 있는 밤.

맑고 푸른 바닷물이 넘실대는 이미지가 떠오른다. 춤추고, 차오르고, 밀려들었다가 밀려가는 파도의 흰 포말이 보인다. 이것은 바다의 낭만, 바다의 애상이다. 바다 위를 불어가는 한 줄기 바람의 노래다. 슬프고 따스하고 부드럽고 격정적인 밤바다 위를 떠가는 한 척의 흰 배, 펄럭이는 돛을 본다. 그 배 안에는 고독하고 아름다운 한 사람이 누군가를 그리워하며 흔들리는 물결을 바라보고 있다.

그는 선상을 비추는 달빛의 노래를 듣는다. 그의 마음은 사랑의 환희와 슬픔으로 가득하고, 그의 이마는 달빛을 받아 맑게 빛난다.

밤처럼 쇼팽의 음악과 어울리는 시간도 없을 것이다.

밤의 고요, 밤의 적막, 그것들이 불러오는 생의 허무. 영원히 안타까운 기억들과 이미 지나간 아름다움에 대한 회한들. 그리고 무엇으로도 채워지지 않는 막막하고 커다란 그리움. 그런 것들을 쇼팽의 음악은 촛불처럼 밝혀준다. 그의 음악은 떠오르는 해의 것이 아니라 그 빛을 반사해내는 달빛의 은은함이다.

문득 언젠가의 꿈을 떠올린다. 꿈속에서 나는 붓을 들고 나뭇잎을 그리고 있었는데, 그럴수록 더 많은 나뭇잎들을 그려야 했다. 내 옆에는 누군가가 그런 나를 지켜보고 있었고, 그 사람을 위해 자꾸자꾸 더 많은 나뭇잎을 그리고 싶었다. 지치도록 많은 나뭇잎을 그렸지만 아무리 그려도 그 바람은 채워지지 않아서 팔이 늘어났고, 손이 닳았다.

초록 나뭇잎, 흰 나뭇잎, 검은 나뭇잎… 내가 그린 나뭇잎을 잔뜩 단 나무들이 한순간 우르르 일어섰다. 나무는 거대하고 아름다웠지만, 내 나뭇잎들을 빼앗아가고 있었다. 나는 또다시 나뭇잎을 그려야만 했다. 내 옆에 서 있는 그 누군가를 위해서, 끊임없이 그려야 했다.

나는 그 꿈을 시에 대한 꿈이라고 해석했다. 또한 그것은 사랑에 관한 꿈이기도 했다. 아무리 그려내도 더 그려야만 하는, 사라지는 그림들. 시는 그리고 사랑은 그려내도 그려내도 사라지고 마는 것이니까. 언제나 더 많은 시가 필요하고 더 많은 사랑이 필요하니까.

시는 확신을 주지 않는다. 어떤 예술도, 예술가 자신에게 확신을 주는 것은 없다. 다만 끊임없는 갈증이 있을 뿐이다.

아름다움에 대한 갈망. 사랑에 대한 사랑. 그런 것들은 너무도 쉽게 소멸되기에 더욱더 큰 갈망을 불러일으키지만, 어떻게 해봐도 온전히 가질 수 있는 것들은 아니다. 그것을 갖지 못하기 때문에 사람은 때로 무언가에 취하고, 때로는 죽음에 이를 만큼 절망한다. 그럴 때 우리가 할 수 있는 것은 별로 없고, 다만 절망의 어둠 속에서 떨리는 한 걸음 한 걸음을 내딛을 수 있을 뿐이다.

쇼팽의 바르카롤, 그 피아노의 여린 음과 환상적인 선율에서, 폭풍우처럼 몰아치는 악상에서 그런 헛되고 쓰디쓴 갈망과 절망을 읽는다. 시를 읽듯이, 그의 음악을 읽는다. 그림을 보듯이, 그의 음악을 본다.

검은 안개를 보고, 흰 운무를 느낀다.

쇼팽은 피아노로 시를 썼다. 노래를 불렀다. 그의 노래에는 사랑의 갈망과 기쁨이 있고, 상실의 괴로움과 절망이 있다.

절망, 우리는 얼마나 많이 절망하는가.

그러나 절망은 절망의 자리에서 절망으로서만 머물지 않는다.

절망의 그 깊은 바닥에 닿음으로써, 그것은 또다른 희망을 낳는다. 바닥에 닿는 순간 우리는 바닥이 아닌 곳을 바라보기 때문이다.

쇼팽의 절망 역시 그랬다. 그는 절망을 통과해서 희망을 노래했다. 그의 악기, 그의 펜, 그의 몸이었던 피아노를 통해서.

쇼팽은 피아노 곡 말고는 많이 작곡하지 않았다. 그는 피아노의 시인이었고, 피아노를 사랑했다. 피아노로 절망했고, 피아노로 살았다. 피아노는 그의 삶과 기쁨이었고, 죽음과 절망이었다.

피아노가 그에게는 혁명이었고, 조국이었다. 지상에서의 서른 아홉 해라는 짧은 시간만이 그에게 주어졌지만, 그의 시간은 피아노로써 영원해졌다.

그의 노래는 '사라지는 그림들'에 대한 애틋한 갈망이었기에 결코 사라지지 않는 불멸의 것이 되었다.

달이 떠 있다. 검은 밤하늘에 선명히 떠올라 있는 흰 달의 아름다움. 그의 노래는 분명하고 아름답게 빛나지만, 어딘지 낮의 햇살이 아닌 밤의 달빛을 닮았다. 그의 음악은 밤의 것이고, 어둠 속의 달빛 같은 것이다.

그래서 사랑을 잃은 자의 슬픔은 그의 음악에 깃들 수 있다. 확신 없이 무용한 시를 쓰는 시인들의 마음은 그의 음악에서 위안을 받을 수 있다. 그의 음악이 가장 격정적일 때조차 그것은 달빛의 뜨거움일 뿐이다. 파도가 가장 높고 배의 돛이 가장 팽팽해졌을 때도, 그 격랑은 낭만적이고 은은하다.

그리고 그것은 잔잔하고 엷은 달빛의 그림자를 던진다.

그러나 쇼팽은 하늘의 천사가 아니었고 달빛의 요정도 아니었다. 그는 어디까지나 유한한 몸과 예민한 정신을 지닌 한 인간이었다.

천상의 음악을 연주하고 작곡해내면서도 그는 속되고 평범한 인간사를 견뎌내야 했다. 생활에 필요한 돈을 벌기 위해 연주회에 나가야 했다. 병약한 몸을 견뎌야 했고, 몸이 약하다는 이유로 마리아 보진스카에게 한 청혼을 거절당했다. 그와 조르주 상드의 사랑에는 서로 다른 취향과 폐결핵, 우울과 기다림, 질투와 반목이 함께 있었다. 어머니와도 같은 사랑을 베푼 조르주 상드와의 관계는 오래 지속되었으니, 그 끝에는 별로 아름답지 못한 이별이 기다리고 있었다.

쓸쓸한 사실이지만, 사람이 하는 사랑은 언젠가 소멸되기 마련이고, 아무리 굳은 믿음과 신뢰도 언젠가는 깨진다. 우리가 열망하는 것과 실제로 마주치는 것의 간극은 너무도 커서, 때로는 가장 깊은 절망과 실망도 일상 속에서 우리가 마주치는 우울한 일상의 민낯보다는 견디기 쉬운 것이다.

이상과 현실 사이의 그 간격을 견디는 일은 쇼팽에게 어떤 괴로움을 안겨주었을까. 그의 바르카롤에서 느껴지는 애절함은 그런 괴로움에서 비롯된 것이 아니었을까.

사랑의 이면에 숨겨진 온갖 비통함을 그가 음악에 쏟아부었다는 것은 확실하지만, 인간 쇼팽으로서 예술에 헌신하기 위해 어떤 마음을 겪어야 했는지는 상상하기 어렵다.

자꾸만 사라지는 나뭇잎을 끊임없이 그려내는 일처럼, 아마도 그는 일상 속에서 점점 소모되었을 것이다. 여인들을 사랑했지만 모든 사랑에 성공적이지 못했고, 조국에 대한 열정을 가졌지만 한번 떠난 폴란드 땅을 다시는 밟지 못하고 타국에서 죽어간 쇼팽.

그런 그가 그려낸 나뭇잎들은 그러나 그 어떤 그림보다 더 빛나는 것이다. 그러기 위해 그가 치른 인간적인 고통들, 이 지상의 삶에 대해 생각한다.

쇼팽은 슬프고 우울한 삶을 살았다. 그의 삶에는 지독히도 예민했던 천재 음악가가 들어설 딱 맞는 자리가 없었다. 그것이 아마도 그가 평생 짊어져야 했던 달빛의 그림자였으리라.

평범하고 속되고 편안하고 안락한 삶, 그것은 쇼팽에게 주어진 것이 아니었다. 그러나 그에게는 달빛보다 더 영롱하게 빛나는 천재적 재능이 있었다. 그리고 그는 그것을 위해 일생을 바쳤다. 그가 노래한, 지상의 처참을 겪어냈던 그의 몸을 통과한 그 음악들은 인간이 가진 것들 중에서 가장 아름다운 것이었다.

그렇다, 아름다움. 그것은 우리가 겪는 처참과의 거리가 멀수록 더 크게 사람을 그리움으로 아프게 하고 깊이 절망하게 하는 것이다. 그런데도 우리는 결국 사라지고 말 그 아름다움을 이토록 갈망하는 것이다.

그것이 그의 사랑이었으리라고, 나는 생각한다. 즉흥 연주를 할 때 뿜어냈던 연주들의 미묘한 아름다움, 섬세하고 완벽에 가까운 그의 음악이. 그가 남겨놓은 악보들, 삶에 대한 실망과 절망으로 그의 얼굴에 새겨진 우울에도 불구하고 그가 이루어놓은 천상의 음률이.

극한까지 갔던 한 인간의 위대한 업적이, 바로 그의 사랑이었을 것이라고.

사랑의 공동체

누군가를 아무 희망 없이 사랑하는 사람만이 그 사람을 제대로 안다.[4]

발터 벤야민

사랑하는 사람들은 희망 없는 희망 속에서 산다. 그들은 기약 없는 기다림 속에 살며, 답장이 없는 편지를 쓰고 있다. 그 무엇도 사랑만큼 사람을 살게 할 수는 없지만, 또한 그 무엇도 사랑처럼 치명적으로 사람을 살 수 없게 만들 수 없다.

사랑에 빠진다는 상태는 감정에 머무르는 것이 아니다. 사랑은 움직임이고, 돌이킬 수 없는 떠남이다. 사랑하는 사람들은 대상을 향한 끝없는 목마름에 시달리므로, 알 수 없는 곳을 향해 모험을 떠나는 사람들인 것이다.

목마름을 채우기 위해 떠나는 여정이지만 그 목마름은 환상과 환각, 환청을 불러일으킬 뿐 결코 충족되지 않는다. 충족되지 않기 때문에 사랑의 갈망은 유지되고, 대상은 계속해서 아름다운 존재가 된다.

그것이 환상이기 때문에 사랑은 아름답다. 사랑은 부재의 감각이고, 언제나 모자라는 것이다.

현존하는 것들은 이미 '있기' 때문에 사랑의 감각에는 부합되지 않는다. 그것이 없어야만 사랑의 감각은 생동하기 시작한다. 그리고 그 '없는' 것들을 좇는 사람들은 사랑에 빠져 있는 사람들로서 '사랑의 공동체'를 형성한다. 그들은 없는 것을 원하는 사람들, 영원히 무언가가 없기를 원하는 사람들이다. 그들은 현실적인 세계에 대해 회의하고, 그것을 부정한다. 그들은 사랑의 세계에 남아 있기를 원한다.

나 역시 사랑의 공동체에 속해 있고, 사랑하는 상태에 중독되어 있다. 나는 쓰는 일을 사랑한다. 그것이 무용하고 응답받지 못하는 환상에 불과할지라도. 쓰는 일을 사랑하지 않고는 살 수 없으며 쓰기 위해 매일 미지를 향해 떠나는 일을 반복할 것이다.

이 책을 쓰면서 쇼팽의 음악을 사랑하게 되었다. 사랑은 때로 학습되기도 하는 모양이다.

임동혁이 연주한 쇼팽의 자장가를 들으며 환상에 사로잡힌다. 한없이 우수 어린 멜로디와 속삭이는 듯한 피아노의 음색에 매료되고, 현실에는 없는 기쁨을 느낀다.

그의 자장가는 꿈의 세계를 그대로 옮겨놓은 듯 달콤하고 감미롭다. 마치 달 위를 걷는 것 같다. 여리고 맑은 세계. 한 점의 티끌도 없는 거울처럼 모든 것을 비추고, 모든 것이 되비치는 세계.

꿈의 세계를 그려보는 것만으로는 당연히 그 어떤 현실적인 보상도 바랄 수 없지만, 바로 그렇기 때문에 내 마음은 사랑으로 가득 찬다. 쇼팽의 음악 속에서 발견한 사랑의 세계에서 현실에는 존재하지 않는 쇼팽을 기억하고, 애도한다.

사진으로, 그림으로 그리고 음악으로만 존재하는, 과거에 지상의 삶을 거쳐 간 프레데리크 쇼팽이라는 한 음악가를, 나는 사랑하고 또 갈망한다.

밤의 호숫가에 앉아 은빛 물결 위에 떠오른 달을 바라본다. 그 밤과 그 호수는 어디에도 실제로는 존재하지 않는다. 그러나 그 어떤 풍경보다도 더 환히 마음을 밝히는 것이다.

사랑이 가능한 것인가? 사실 이 물음에는 답이 없다. 사랑은 불가능한 것이지만, 그 불가능성으로 인해 비로소 가능해지는 것이므로.

그리고 음악은, 사랑의 불가능성에 대한 영원한 찬미다. 아름다운 음악은 사랑의 공동체에게 부여된 축복이다. 음악에는 실체가 없

지만, 실존하지 않음으로 인해 실존하게 되는 것을 음악이 우리에게
보여주기 때문이다.

그렇다, 순간의 환희를 영원에 붙잡아두려는 시도가 음악이다.
존재하지 않는 환상을 들리게 만드는 것이 음악의 목적이다. 그 시
도를 완벽에 가깝게 실현하기 위해 병약한 한 인간 쇼팽은 얼마나
많이 시간과, 또 세상과 싸웠을 것인가, 그 고투가 얼마나 무거웠을
것인가.

쇼팽의 음악에 흐르는 애절함은 그런 고투를 담고 있어서 더욱
아름답다.

쇼팽의 음악은 시에 가깝다. 쇼팽은 시처럼 말하고 시처럼 노래
한다. 단지 그의 음악이 아름다워서가 아니다. 쇼팽은 음악을 사랑
했고 음악에 투신했으며, 자신의 재능을 실현시켰다. 그리고 그보다
더 나아갔다. 쇼팽은 음악 그 자체가 되었다.

누구도 쇼팽을 음악과 떼놓고 볼 수 없고, 피아노를 이야기할
때 쇼팽을 빼놓을 수 없다. 쇼팽의 음악은 이 세계에서 영원한 하
나의 주제가 되었다.

그것은 그의 삶에 있어서 기쁨이지만 그러나 가장 큰 고통이기

도 했다. 그 고통과 절망에 자신을 비추었기에, 그것을 마다하지 않고 그대로 통과했기에 그의 음악은 시처럼 들린다. 불가능한 것을 가능하게 만들었기에 그는 사랑의 공동체에 속했고, 현실적인 그 어떤 실패도 그의 위엄을 훼손할 수 없었다.

그러나 그런 쇼팽도 인간으로서는 완전하지 않았다. 오히려 인간으로서 그는 불행했고 너무도 슬픈 삶을 살았다. 그는 평생 결혼을 하지 않았고 자녀를 두는 기쁨도 누린 적이 없었다. 쇼팽은 노앙에서 성악가 폴린 비아르도의 어린 딸을 돌보며 그 사랑스러움에 영감을 받아 베르쇠즈를 작곡한 것이다.

그는 인간이었기 때문에 피아노 곡을 썼고, 인간으로서 인간을 사랑했으며, 인간을 평화롭게 잠들게 하는 이 자장가를 작곡했다. 그런 쇼팽이 가진 애틋한 불완전함과 슬픈 사랑스러움을 생각한다.

완벽에 가까울 만큼 아름답고 섬세한 음악을 만든 음악가였지만 인간으로서는 완벽함과 거리가 있던 그였기에, 쇼팽의 음악은 더 가치가 있다. 쇼팽의 내성적이고 수줍은 성격과 잦은 기침으로 떨리는 손, 창백한 얼굴을 생각한다. 나는 그의 완벽하지 않음을 사랑하는 것이다.

소심함, 예민함, 우유부단함에도 불구하고 음악의 극단까지 갔던 한 사람을. 개인적인 불행과 선천적인 병약함을 껴안고도 작곡을 멈추지 않았던, 건반 위를 각혈로 붉게 물들였던 그 슬픈 음악가를 사랑하는 것이다.

당연히도 우리는 대상의 완벽함을 사랑하는 것이 아니다. 사랑할 때 우리는 대상의 빈 곳, 어딘가 모자란 부분에 시선을 고정한다. 우리의 마음은 거기에 머문다. 사랑하는 사람의 결점이나 치명적인 약점을 우리는 사랑한다. 우리는 그 사람의 약점에 매달리고 그것에 붙잡힌다. 그것이 사랑의 신비로움이다.

쇼팽의 음악을 들을 때, 그의 베르쇠즈를 들으며 행복해할 때조차 나는 그것이 환한 낮의 음악이 아닌 어두운 밤의 음악이라고 생각한다. 그것이 햇빛이 아니라 달빛에 가깝다고 느끼기에 더욱더 그의 자장가는 신비롭고 황홀하게 들린다.

그의 음악 속에는 아름다움의 환희와 풍부한 기교, 기법의 세련됨만이 있는 것이 아니라 그의 인간적인 약점이 들어 있기 때문에, 현실의 메마른 풍경을 그의 폐결핵이 슬픔과 고통 그리고 절망으로 뒤바꿔놓기 때문에⋯ 사랑의 실패와 고독이 애수 띤 선율 안에서 숨 쉬기 때문에, 쇼팽의 음악을 사랑하게 되었다.

그리고 그 사랑은 나를 변화시킨다. 나를 바꾸어놓고, 돌이킬 수 없게 만든다. 이제 쇼팽의 음악을 알게 되었기 때문이다.

아마도 지금 사랑하는 사람은 알 수 있을 것이다. 또는 과거에 누군가를 사랑했던 사람은, 기억할 수 있을 것이다. 사랑에 빠지는 일이 무엇인지를, 그 슬픔이 얼마나 달콤한 것인지를. 그 슬픔과 기쁨이 뒤범벅된 상태가 얼마나 우리의 본질을 위협하며, 얼마나 크게 바꾸어놓는지를.

그러나 사랑에 매달리는 일이 또한 얼마나 행복하며 우리를 성장하게 만드는지를. 그 극적인 변화가 얼마나 우리 삶에 필요한 것인지를. 그러므로 우리는 사랑에 대해 끊임없이 말하고, 사랑의 공동체 안에서 언제나 무언가 모자란 것들을 갈망하며 머무는 것이다.

흐린 봄날 아침, 문득 저 말없는 회색 하늘을 바라보고 두 손을 모았다. 누군가를 아무 희망 없이 사랑하는 사람만이 그 사람을 제대로 알 수 있다는, 쓸쓸한 말을 생각한다.

사랑의 공동체에 속한 우리는 사랑으로부터 그 무엇도 돌려받지 못한다. 다만 자기 자신이 남을 뿐.

그러나 그 사랑으로 인해 우리는 자신의 본질을 보고, 스스로를 변화시킬 수 있다.

쇼팽의 본질은 음악이었다. 음악에 대한 사랑이 그를 변화시켰고, 나아가게 만들었다. 그래서 나는 지금, 삼월의 어느 아침에 그와 이어진다. 음악에 대한 사랑의 공동체 속에서, 달빛이 한 움큼 뿌려진 그의 시를 들으며.

사랑의 기쁨과 슬픔

1827년 쇼팽은 그의 일생에서 처음으로 상실을 경험했다. 그의 재능 많고 영특한 여동생 에밀리아가 폐결핵으로 사망한 것이다. 어린 나이에 겪은 이 이별은 쇼팽의 삶에 드리운 첫 번째 비극이었고, 그의 가족에게도 큰 슬픔을 주었다. 사랑하는 동생의 이른 죽음은 그의 삶에 있어 어떤 것이었을까. 아마도 평생 그의 마음을 떠나지 않는 어두운 그림자가 아니었을까.

그 이후, 쇼팽은 동급생이던 갈색 머리의 미녀 소프라노 콘스탄치아 글라드코프스카에게 마음을 빼앗겼다. 그가 콘서바토리를 졸업할 무렵인 열아홉 살 때였다. 그녀의 아름다운 목소리를 듣고 그는 사랑의 매혹, 사랑의 기쁨에 빠져들었다. 이 무렵 그는 이미 연주회를 열며 음악적인 유명세를 떨치고 있었고, 연습곡을 작곡하기 시작할 정도로 작곡에도 천재적인 재능을 발휘하고 있었다.

그러나 그는 첫 연정을 품은 콘스탄치아와 사랑을 이루지는 못했다. 그들은 함께 연주회를 열기도 했지만 수줍고 내성적인 쇼팽은 콘스탄치아에게 끝까지 사랑을 고백하지 못했고, 단지 친구 티투스에게 보낸 편지들에 그녀에 대한 감정이 기록되어 있을 뿐이다. 결국 쇼팽이 바르샤바를 떠나는 날이 콘스탄치아를 보는 마지막 날이 되었다.

이 시기에 쇼팽은 피아노 협주곡 1번과 2번을 만들었다. 특히 피아노 협주곡 2번의 2악장을 쇼팽은 남몰래 흠모하던 콘스탄치아를 그리워하며 작곡했다. 이 아름다운 곡에는 사랑의 열병에 빠진 젊은 쇼팽이 느끼던 감미로움이 악상과 선율에 그대로 나타나 있다. 그들이 비록 연인이 되지는 못했지만, 누군가를 사랑한다는 사실이 주는 기쁨을 생각한다. 누군가에게 마음을 준다는 일, 누군가를 그리워할 수 있다는 것. 얼마나 설레고 아득했을까, 열아홉의 사랑은!

쇼팽은 1835년, 드레스덴에서 펠릭스 보진스카 일가를 만났다. 어린 시절 아버지의 기숙 학생이었던 펠릭스의 여동생 마리아 보진스카를 다시 만나자마자 쇼팽은 그녀와 사랑에 빠졌다.

마리아는 청순하고 훌륭한 피아니스트가 되어 있었고 보진스카 가족은 쇼팽을 따뜻하게 맞아주었다. 마리아 역시 쇼팽에게 동경과 사랑을 품었다. 한동안 그들은 서로의 사랑을 키워갔고, 함께 작곡을 했으며, 마리아가 쇼팽의 초상화를 그려주기도 하는 행복한 기간

을 보냈다. 1836년 9월 9일 해가 질 무렵에 쇼팽은 그녀에게 청혼을
했다.

그들은 서로 떨어져 있는 동안에도 서로 편지로 연락을 이어갔
지만, 이때 쇼팽의 건강은 이미 좋지 않았다. 쇼팽의 좋지 않은 건강
과 음악가라는 불확실한 직업이 문제가 되어 결국 그들의 결혼은 보
진스카 일가의 반대에 부딪혔다.

쇼팽이 과연 어느 정도로 마리아를 사랑했는지 확실히 알 수
는 없지만, 그녀와 함께 보낸 시간을 기념해서 그는 마리아의 편지
꾸러미를 모아 리본으로 묶고 '모야 비에다'라고 써놓았다. 폴란드
어로 '나의 슬픔'이라는 뜻이다.

일생 동안 여성에 대한 사랑에 그리 적극적이었다고 할 수는 없
는 쇼팽이지만, 그는 절제하는 사랑의 기쁨과 사랑에 실패할 때 오
는 슬픔을 알고 있었다. 어쨌든 사랑할 대상이 그에게 있었다는 사
실은 다행스러운 일이다. 우리는 사랑을 받을 때보다 사랑을 줄 때
더욱더 큰 기쁨을 느끼기 때문이다.

사랑이 좌절될 때의 아픔보다는, 누군가를 사랑하기 때문에
세상의 모든 것들이 환하게 빛나는 그 순간이 더 중요하다. 그것은
쇼팽의 섬세한 내면에도 당연히 큰 기쁨과 영감이 되었을 것이다.

그러나 쇼팽은 이 두 번째 사랑에서도 좌절해야 했다. 그는 평

생 자신의 슬픔으로 남은 마리아의 편지 꾸러미를 간직했고, 그녀와의 이별은 그의 얼마 되지 않는 사랑의 역사에 쓰디쓴 아픔을 남겼다.

✧

1836년에 쇼팽은 마리 다구 백작부인이 여는 살롱에서 조르주 상드를 몇 번 만날 기회가 있었다. 그는 처음 상드를 보고 좋은 느낌을 받지 못했을 뿐 아니라, 매력도 없고 여성스럽지 않다고 생각했다고 한다. 반면 1838년 퀴스틴 후작의 아파트에서 즉흥 연주를 하는 쇼팽의 모습을 보고 조르주 상드는 큰 호감을 갖게 되었다.

두 사람 모두에게 좋은 친구였던 그세마와에게 그녀는 이런 편지를 썼다.

그 자그마한 사람이 내게 남긴 영향이 놀랍기도 하고 혼란스럽기도 하나고 밀해야겠네요. 나는 아직도 깜짝 놀라 상태에서 벗어나지 못했어요.[5]

그녀는 그때 아직 남성 위주로 돌아가던 당시의 사회에서 대담하게도 바지를 입고 다녔고, 남자의 필명을 써서 소설을 쓰는 유명 작가였다. 쇼팽보다 여섯 살 연상이었고, 수많은 연인과 스캔들을 몰고 다니는 급진적이고 용감무쌍한 여인이었다. 한 마디로 그녀는 쇼팽과는 완전히 반대되는 성향을 가진 사람인 것이다.

처음에 그녀에게 딱히 끌리지 않았던 쇼팽도 어느 순간부터 사람의 마음을 끄는 특유의 매력이 있는 조르주 상드에게 몹시 이끌렸다. 그들은 결국 열정적인 연인이 되었고, 얼마 후 함께 마요르카 섬으로 여행을 떠나면서 긴 사랑의 여정을 시작하게 된다.

그들의 관계는 그 후로 십 년 간 이어졌다. 우유부단하고 병약한 쇼팽에게 상드의 열성적인 보살핌과 사랑은 심리적 안정을 주었다. 쇼팽은 그녀가 보이지 않기라도 하면 금세 불안해했고, 그녀의 든든한 보호 안에서 많은 곡들을 썼다.

전주곡, 마주르카, 소나타, 스케르초, 발라드, 폴로네즈, 즉흥곡 2번, 녹턴 등 놀랍고 주옥같은 작품들이 마요르카 섬과 노앙과 파리를 오가던 상드와의 나날들 속에서 쓰였다. 상드와의 생활은 쇼팽에게 작곡에 필요한 정신적인 힘뿐 아니라 신체적으로도 평온과 안온함을 주었던 것이다.

상드는 쇼팽을 '작은 사람'이라 부르며 최선을 다해 정성껏 보살폈고, 마치 아들처럼 보호하고 아껴주었다. 쇼팽 역시 상드의 어머니 같은 보살핌에 의지하면서도 한편으로는 그녀에게 완전히 헌신하는 사랑을 했다. 그 후 그들의 관계에 갈등의 조짐이 보이기 시작한 1846년까지 그들에게는 사랑의 기쁨과 행복이 넘치는 날들이었다. 비록 이 시기에 쇼팽의 건강은 늘 악화되었다가 다시 회복되는 과정을 반복했지만, 상드의 보살핌이 워낙 극진했기 때문에 그토록 왕성한 작곡을 할 수 있었던 것이다.

사랑하는 관계가 주는 행복감과 환희를 우리는 잘 알고 있지만, 막상 사랑이 옆에 있을 때 그것을 알아보기란 쉽지 않다. 사랑이 떠났을 때 비로소 우리는 그 사랑이 주었던 기쁨이 얼마나 컸는지 깨닫고, 돌이킬 수 없이 사랑의 슬픔에 빠진다. 사랑은 매우 실질적인 것이면서도 또한 언제나 붙잡기는 어려운 감정이다. 함께하는 기쁨이 클수록 불안과 고통 역시 커지는 것이기도 하다.

1846년에 조르주 상드와 쇼팽은 그녀의 아들인 모리스, 딸 솔랑주의 문제로 갈등하기 시작했다. 모리스는 성인이 되자 자신의 어머니가 또다른 아들처럼 보살피는 쇼팽의 존재를 인정하지 않았고, 한편으로 어머니의 무관심과 냉대에 지친 솔랑주는 쇼팽에게 전적으로 의지했다.

이런 관계로 인해 조금씩 쇼팽과 상드의 사이에는 균열이 일어났고, 솔랑주의 결혼 문제로 돌이킬 수 없는 파국을 맞게 된다. 가족들이 솔랑주의 잘못된 결혼으로 불화하는 상황에서 쇼팽이 상드가 아닌 솔랑주의 편을 들었던 것이다. 상드는 쇼팽의 태도에 불같이 화를 냈고, 결국 냉랭한 편지 한 장으로 쇼팽에게 이별을 고하고 만다.

쇼팽은 결별 이후에도 상드에게서 받은 편지를 모두 지니고 있었고, 그녀의 머리카락을 일기장에 간직했다. 그러나 상드는 쇼팽의 건강이 나빠져도 병상에 한 번도 찾아오지 않았고, 그의 임종 역시 지키지 않았다. 그녀는 그가 죽은 후 그들 사이에서 오간 편지를 모두 없애버릴 만큼 단호했다.

쇼팽은 상드와 함께 지내지 못하게 되자 급속도로 건강이 악화되었고, 작곡조차 제대로 할 수 없었다. 이 사랑의 상실이 그에게 얼마나 큰 시련이었는지, 그는 조르주 상드를 잃은 후 거의 몰락했다. 그 이후 제인 스털링의 적극적인 구애에도 반응하지 않았고, 런던에 다녀온 일로 오히려 폐결핵이 악화되어 결국 죽음을 맞이하게 된다.

사랑이란 얼마나 덧없는 것인가, 열정이란 얼마나 쉽게 사라지는 것인가.

그리고 사랑이 떠남으로 인한 고통은 얼마나 큰 것인가. 이 세계가 돌연 사라지는 듯한, 그 상실의 시간을 무엇으로 채울 수 있단 말인가.

그러나 쇼팽과 조르주 상드, 그 유명하고도 안타까운 사랑의 이야기에서 그들이 함께했던 시간은 쇼팽에게 아마도 축복이었을 것이다. 누군가에게 헌신하는 마음이 있을 때, 그 기쁨으로 인해 사람은 어떤 한계를 넘어서서 가장 정확한 자기 자신의 모습이 되기 때문이다.

어쩌면 이 무의미로 가득한 세계에서, 오직 사랑만이 존재의 의미를 찾아주는지도 모른다.

쇼팽은 자신의 재능을 진심으로 아껴주는 사람 곁에서 그 아름다운 사랑의 감정을 음악으로 실현시켰다. 이제 우리에게 남아 있는 그의 음악들은 그 사랑의 증거다. 영원을 사는 사랑의 환희와 고통이다.

그가 마요르카 섬에서 만든 발라드 2번의 곡조에서 그 사랑의 기쁨과 아픔을 듣는다. 그 평온함과 설렘, 또한 폭풍우처럼 몰아치는 격정의 노래를 듣는다.

이별

이별의 일

눈물의 언덕

3월이다. 이른 봄, 따스함과 한기가 공존하는 시기.

봄은 그런 계절이다. 어느 때보다도 양면적인 절기가 봄이다. 세찬 바람 속에서 꽃이 피어나는, 연둣빛 새싹들이 돋아나면서도 차가운 비가 내리는 시기. 봄비에는 노란 햇살과 함께 지난겨울의 차가운 기운이 함께 들어 있다. 그리고 이어지는 황사, 꽃을 시샘하며 불어오는 탁하고 매서운 바람.

봄이면 언제나 마음이 진동한다. 아직은 추위에서 풀려나지 못한 기온과 변덕스런 날씨에 이리저리 휘둘리는 마음은 쉽게 우울해지기도 한다. 그러나 그 낯설고 아린 기분에 설레는 마음이 더해져서, 뭔가 내게 다가올 것 같은 기쁜 예감을 느끼는 것도 봄이다.

쇼팽은 1836년 가을에 처음으로 조르주 상드를 만났고, 1847년 6월에 그녀로부터 마지막 편지를 받는다. 오랜 시간 동안 그들은 연인이자 가족이면서 친구로 함께 지냈고, 그들 사이의 열정과 사랑이 가득한 시기에 상드는 쇼팽을 마치 자신의 아들처럼 극진히 보살폈다. 그들 사랑의 그런 봄날은 그러나 결국 파괴적이고 고통스러운 끝을 맞이했다.

단순한 연애보다 더 내밀한, 마치 혈육과도 같은 끈끈한 관계가 갑자기 끝났을 때, 쇼팽의 상실감은 얼마나 컸을지.

태생적으로 타인과의 관계를 맺는 일에 서툴렀던 쇼팽에게 있어 상드와의 사랑은 어쩌면 세상의 모든 것을 의미하는 것이었을지도 모른다. 그러나 봄날이 찬란한 햇살만을 나타내지 않듯이, 사랑은 언제나 필연적으로 이별을 불러온다. 어떤 사랑도 영원히 지속되지는 않는다.

상송 프랑수아가 연주한 프렐류드 4번의 애통한 선율을 듣는다. 옅은 황사가 깔린 2016년의 서울 한복판에서, 반복해서 그 서글픈 음악을 들으며 '이별의 일'에 대해 생각한다. 사랑할 때는 존재하는 줄도 몰랐던 이별의 일들. 이별 이후, 아주 중요한 무언가를 잃어버린 사람의 상한 마음과 그로 인해 세상의 모든 것이 의미와 빛깔을 잃고 서서히 멀어지는 그 감각을.

상심은 고뇌를 불러오고, 고뇌는 사람의 정신을 서서히 피폐하게 만든다. 그래서 폐허가 된 마음은 다시 한 번, 다시 한 번을 외치며 지나가버린 사랑의 순간들에 매달린다.

온기가 빠져나간 사랑에 미련을 갖는 것은 어리석은 일이지만, 이별은 사람으로 하여금 끝나버린 사랑의 장소에 다시 서 있게 만든다. 이별의 일은 그런 일이다. 이미 내려왔고 다시는 오를 수 없는 사랑의 언덕 주변을 끊임없이 서성대는 것. 한때는 늠름하고 무성하게 자라났지만, 모든 꽃을 떨어뜨리고 열매도 맺지 못한 채 이제는 죽어버린 나무에게 또다시 물을 주고, 소용없을 줄 알면서도 그 나무를 자꾸만 찾아가는 것. 다시는 잎이 돋을 리 없는 앙상한 나뭇가지를 한없이 쓰다듬는 것.

굿바이 내 친구, 속히 병이 낫기를 그리고 나으리라 믿어요… 우리만의 우정을 쌓아온 9년의 세월이 이렇게 이상하게 끝나다니, 신에게 감사해야겠군요. 가끔 소식이나 전해줘요. 나머지 일에 대해선 다시 얘기해봤자 아무 소용없는 일이죠.[6]

상드가 쇼팽에게 보낸 이 마지막 편지는 너무도 냉랭해서, 그들의 사랑이 완전히 끝나버렸다는 것을 의심할 수 없게 만든다. 그들은 상드의 딸 솔랑주의 결혼 문제로 갈등했고, 쇼팽이 솔랑주의 편을 드는 것에 대해 상드는 분노했다. 쇼팽은 오랜 기간 자신의 자식과 같았던 솔랑주를 외면할 수 없었고, 상드의 사랑은 이때쯤 이미 식어 있었는지도 모른다.

이런 갈등 속에서 급기야 그들의 관계는 적대적인 것으로까지 돌변했다. 표면적인 이유야 어쨌든, 사랑은 언젠가 식는 것이다. 그렇다고 해도 그 사랑이 존재했었다는 것까지 부정할 수는 없지 않은가.

결국 모든 이별은 사랑의 상실이라는 점에서 애도를 필요로 한다.

쇼팽의 애도는 어떤 것이었을까. 그는 평생 상실을 겪었던 사람이었다. 가족의 상실, 조국의 상실, 건강의 상실 그리고 사랑의 상실…

뭔가를 잃어버린다는 것. 가슴속에 검은 구멍이 뚫리는 것 같은 그 상실의 감정은 '돌이킬 수 없음'이라는 전제를 달고 집요하게 지워지지 않는 것이다. 쇼팽에게는 돌이킬 수 없이 잃어버린 것들이 너무 많았다.

그는 오로지 음악으로 그 상실을, 구멍을 메워야 하지 않았을까. 그래서 그의 음악이 이토록 애절한 것이지 않을까.

그리고 슬픔은 슬픔을 알아보기에, 슬픈 사람들의 마음에 그의 음악이 그렇게 큰 위안이 되는 것이 아닐까. 애초에 그의 멜로디는 슬픔을 위한 것이 아니었을까.

쇼팽은 음악으로 말했다. 자신의 상실과 슬픔에 대해서, 언어가 아닌 음표로, 리듬과 악상으로. 그의 이야기 속에는 이별과 상실로 인한 (그리고 우리의 삶에서 사랑이나 기쁨보다 더 큰 부분을 차지하고 있는) 눈물과 아픈 마음이 가득하다.

눈물, 우리의 몸에서 솟아나는 응축된 슬픔의 표현. 쇼팽의 음악은 바로 그 눈물에 대한 것이다. 슬픔의 기쁨, 기쁜 슬픔 그리고 눈물에 대한 찬미로서.

푸른 칼에 그린 말

손 위에 손을 겹쳐요
그림자는 커튼처럼 드리워요

모두가 잠든 방 안에서
뿌리처럼 깊어지며

말로는 말할 수 없는
대화를 나눴어요

박시하, 〈눈물〉, 《우리의 대화는 이런 것입니다》

눈물은 슬픔으로 인해 흐르는 것이지만, 때로는 그 눈물 때문에 기쁘기도 했던 기묘함을 어떻게 설명할 수 있을까. 말로 다할 수 없는 슬픔을 눈물이 대신할 때, 나는 나 자신과 깊은 대화를 나누었다고 느꼈다. 그 내밀한 과정에서 고통은 천천히 사라지고 나 자신이 솟아올랐다.

이별의 일은 그런 것이다. 차마 말로는 다할 수 없는 고통스런 배회, 이전에 사랑으로 가득 차올랐던 언덕을 이제는 눈물로써 오른다.

그리고 그 눈물로 흐려진 시야에 비치는 황량한 풍경의 생경한 아름다움.

화려한 슬픔

밤의 버스 차창에 기대어 자주 울었던 적이 있다. 중요한 무언가를 잃고, 어떤 대상으로부터 완전히 버려졌다고 믿었을 때였다. 그런 상실에 대적해서 나를 위로할 만한 것은 아무것도 없었다. 세상과 나와의 간격이 크게 벌어졌다. 혼자만의 슬픔에 취해버렸고, 슬프다는 것 외에는 살아갈 이유를 찾기 힘들어졌다. 한동안 죽음과도 같은 공포와 불안이 나를 지배했다. 그러나 그 슬픔과 불안은, 또한 그 시절의 나를 살아가게 하는 것이었다. 불안은 역설적으로 나를 버티게 했으며 슬픔은 때로 달콤하기까지 했다.

이별의 일은 슬픔의 골짜기를 헤매면서 버려진 나를 구원하는 일이었다.

'화려한 왈츠'라는 이름이 붙은 쇼팽의 왈츠 3번, 디누 리파티의 연주를 듣는다. A단조의 이 곡은 그 이름과는 다르게 무척 우울하고 어둡다. 그러나 이 절절한 곡조는 사람의 슬픔을 어루만지고, 슬픈 마음에 부드러운 빛을 비추어준다.

그래서 쇼팽의 음악은 주로 어두운 밤의 애상에 잘 어울린다. 밤의 음악, 밤의 멜로디. 쇼팽의 음악을 들을 때면 언제나 가장 슬펐을 때, 그 밤의 하염없는 눈물이 떠오른다. 그 눈물이 얼마나 아름다웠는지가 떠오르고, 슬픔은 오히려 삶의 화려한 측면일 수도 있다는… 그러니까, 슬픔이 화려할 수도 있다는 생각이 든다.

슬픔은 기쁨과 달리 변색되지도, 누락되지도 않는 것이다. 우리는 모든 것을 잃어버릴 수 있어도, 눈물을 잃어버릴 수는 없다.

쇼팽이야말로 '화려한 슬픔'의 밑바닥까지 가본 사람이 아닐까. 그의 음악을 들을 때 우리는 슬픔이라는 감정의 실체를 더 잘 느끼게 된다. 어쩌면 사랑의 기쁨보다 더 본질적인 감정인 사랑의 슬픔과 고통. 그리고 이어지는 사랑의 상실… 그의 음악은 슬픔의 현재이며 실현이라고 해야 할지도 모르겠다.

당신은 이별에 대처하는 법을 알고 있는가. 슬픔을 어떻게 해야 할지 아는가. 우리는 살아가며 수많은 이별을 경험하지만 그에 어떻게 대처할지는 잘 알지 못한다. 우리는 슬픔을 사용할 줄 모르고 다만 슬픔에 사로잡힌다.

그러나 슬픔은 표현하기 위한 감정이다. 이별에 대처하기 위해서는 눈물을 흘리며 슬퍼해야 한다. 슬픔이 있다면 그 슬픔을 해독해내고, 거기에서 어떤 의미를 끌어낼 수 있어야 한다. 제대로 슬퍼하는 일이 바로 이별의 일이다.

그리고 그 일이야말로 사랑을 완성시킨다. 이별의 뒤안길에서 문득 비치는 달빛으로 애도하는 사람의 마음을 가득 채우며.

쇼팽의 음악은 모든 상실에 대한 애도로 읽힌다. 길고 아름다운 애도. 그의 음악은 내밀하고 은밀한 이별의 일이다. '푸른 칼에 그린 말'처럼, 고통스럽지만 아름다운 슬픔이 부르는 노래로서.

망각

"당신의 모든 시선들은 저를 바라보고 있지 않았어요."—"당신이 했던 이 모든 말들은 제게 말하지 않았습니다."—"지연되고 저항하는 당신의 현전도."—"이미 부재하는 당신도."

"한순간이 여전히 남아 있나요?"—"기억과 망각 사이의 그 순간이."[7]

모리스 블랑쇼,《기다림 망각》

쇼팽은 조르주 상드와 결별한 이후 급속히 쇠약해졌다. 그는 그 이후로 거의 작곡도 하지 않았다. 제인 스털링의 초대로 런던에 갔지만, 성과는 별로 없었고 결핵은 오히려 더 악화되었다. 그는 매일 기침을 하고, 여전히 각혈을 했으며, 호흡 곤란과 설사에 시달렸다. 겨우 레슨을 해서 생활을 이어갔지만, 재정적인 곤란도 심해졌다.

그때 그가 겪은 어려움은 생이라는 것이 얼마나 가혹한 것인지 생각하게 만든다. 생이 우리에게 주는 갖가지 고통에 비하면 인간은 참으로 약하고 비참한 존재가 아닐 수 없다. 그 시절의 그는 얼마나 지치고 힘들었을까.

그런데 내 예술은 어찌 되었지? 그리고 내 마음은? 대체 지금까지 내 마음을 어디에다 낭비했던 거야? 우리 식구들이 집에서 노래 부르던 모습, 이제 기억조차 희미해. 세상이 내게서 떠나가고 있어. 난 기억도 없고, 더 이상 힘도 없어. 조금 나아서 일어나도 도로 굴러 떨어져버려. 전보다 더 낮은 곳으로.[8]

그는 영국에서 그세마와에게 보낸 편지에 이렇게 썼다. 생활이 어려워지자 예술마저 그에게 등을 돌렸던 것일까. 결국 쇼팽은 수중에 남은 돈이 거의 없는 상태로 파리로 돌아와야 했다.

그의 마지막 해인 1849년, 다게레오타입 기법으로 촬영된 쇼팽의 사진이 남아 있다. 신체적 고통과 가난, 고독에 시달리는 창백한 얼굴의 한 예술가가 흑백의 흐릿한 사진 속에서 초췌한 표정으로 나를 바라보고 있다.

그 오래된 사진에 생생히 남아 있는 고통을 본다. 천재적 재능을 지녔으나 지독히도 불운했던 그에게서 세상이 떠나가고 있었다.

쇼팽의 첼로 소나타를 들으며 그의 고통을 가늠한다. 예술적 재능은 그에게 인간적인 행복을 주지 않았다. 그러나 분명히 현전했던 그를, 이 세계에 분명하게 각인된 그의 빛나는 재능과 기쁨 그리고 슬픔과 고통을 첼로 소나타의 선율이 여실히 드러낸다. 쇼팽의 고통은 지금도 각혈과도 같은 선명한 멜로디로 연주되고 있다.

한 인간의, 타인의 고통을 어떻게 기억할 것인가. 어떻게 되새길 것인가. 나 자신의 고통을 처리하기에도 버거운 지상의 삶 속에서 다른 누군가의 고통을 듣는다는 일. 쇼팽의 고통은 기억과 망각 사이의 그 순간에 영원히 남아 있다. 그의 음악 속에서, 비통한 선율과 화음을 통해서. 찬란한 루바토의 미묘한 움직임 속에서.

'잃어버리다'라는 뜻을 가진 '템포 루바토'는 쇼팽 음악의 고유하고 특징적인 기법이었다. 마치 기억과 망각 사이의 순간처럼 한순간도 고정되지 않고 끝없이 흔들리는 템포, 쇼팽의 음악에 영혼을 부여하고 그것을 더욱더 시에 가깝게 만들었던 그 기법은 쇼팽의 섬세한 손가락 사이에서 처음으로 빛났다.

"여러분, 모자를 벗으세요. 천재가 탄생했습니다!"

슈만은 이렇게 외쳤다. 그의 생전에도 그리고 죽음 이후의 오랜 세월 이후에도, 많은 사람들이 쇼팽을 사랑했고, 그의 연주와 작품을 찬미했다. 그러나 정작 생은 쇼팽에게 지독하게 굴었다. 그토록 아름다운 음악들을 남겨준, 우리의 프레데리크 쇼팽은 지금의 나보다 더 젊은 나이에 생에게서 아무런 보상도 받지 못한 채로 비참하게 죽어갔다.

그가 만약 천재가 아니었더라면 어땠을까. 그런 예술적 예민함과 감수성을 갖고 태어나지 않았다면, 그런 용기와 재기를 갖지 못했더라면. 그랬더라면 이 주옥같은 명곡들은 탄생하지 않았을 테고, 우리는 쇼팽의 녹턴을 듣지 못하는 불운을 맞이했을 것이다.

아무리 듣고 또 들어도 다시 새롭게, 눈물겹게 아름다운 그 매혹적인 멜로디와 음색을, 그가 독창적으로 발견한 그 애절한 피아노의 세계를 우리는 결코 알지 못했을 것이다. 달빛을 하나하나 끌어모아 빚어낸 것 같은 은빛의 선율이 이 세상에 존재하지 않았다면 인간은 훨씬 더 불행했을 것이다. 세계는 훨씬 더 비참하고 추해졌을 것이다.

그러나 어쩌면 쇼팽은 덜 불행했을지도 모르겠다. 그가 그런 천재로서 음악에 생을 바치지 않았더라면, 그저 평범한 한 폴란드인으로 살아갔다면. 사랑을 얻고 건강을 얻었더라면.

비록 모든 것을 잃고 고통스런 죽음을 겪었다 해도, 쇼팽이 완전히 불행하기만 한 삶을 살지는 않았다는 쪽을 더 믿고 싶다. 너무도 예민하고 언제나 우울한 그였지만, 자기만의 세계 안에서 자신의 작품을 만들어내던 그 순간, 망각에서 기억을 끄집어내던 그 환한 순간만큼은 진심으로 행복했으리라고 믿고 싶다. 그의 열정과 격정이, 빛나는 재능과 갈망이, 누구보다 더 독창적이었던 그만의 음악이 태어날 때 그는 비로소 현전했을 것이라고.

음악은 쇼팽 자신을 오로지 그 자신으로서 존재시켰던 것이다. 그리고 사람은 진정한 자기 자신이 될 때 가장 행복하고, 가장 충만하다. 그가 그런 충만을 누렸으리라고 생각한다. 화음과 템포와 선율 속에서, 그 극한의 예술 속에서.

안개를 통해 보이는 저 풍경 즐겁지 않은가.
창공에 별 태어나고, 창마다 불이 켜지고,
강물 같은 검은 연기 하늘에 솟아오르고,
파리한 달빛 홀리듯 쏟아진다.
나는 이렇게 봄 그리고 여름 그리고 또 가을들이 오는 것 보리라.
그리고 단조로운 눈이 내리는 겨울이 오면,
온 방의 덧창을 닫고 휘장을 내려
밤 속에 내 동화 같은 궁전을 세우리[9]

보들레르는 이렇게 밤을 찬양한다. 그렇다, 우리의 생에 밤이 없다면 창공의 별도 없고 불 켜진 창도 없을 것이다. 홀리듯 쏟아지는 파리한 달빛, 그것이야말로 쇼팽의 노래가 아니겠는가. 그의 첼로 소나타 중 '라르고'를 듣는다. 밤의 음악, 달빛의 노래.

비밀스럽지 않은 밤이 있을까, 고뇌하지 않는 어둠이 있을까. 상심에 젖은 사람의 비탄이 첼로의 애잔한 선율을 타고 흐른다.

쇼팽은 거의 모든 것을 잃었고, 그의 병든 육체를 죽음만이 기다리고 있었다. 삶이 그에게 등을 돌리자 그에게는 영원한 밤이 남아 있을 따름이었다. 죽어가는 그의 옆에는 그의 누나 루드비카, 상드의 딸 솔랑주, 마르첼리나 차르토리스카, 첼리스트 오귀스트 프랑숌, 토마스 알브레히트, 구트만 등이 있었다. 그는 자신의 시신에서 심장을 떼어내어 바르샤바에 보내달라고 부탁했다. 그의 마음은 그리운 조국에 묻히기를 원했던 것이다.

그리고 죽음의 공포가 그를 덮쳤다. 그는 '기침으로 숨이 막힐 것 같으니, 제발 내 몸을 노출된 채로 놔두어 주십시오. 산 채로 무덤에 묻히지 않게 말입니다'라고 쓴 메모를 남겼다.

죽기 전에 그는 프랑숌에게 자신의 첼로 소나디 도입부를 연주해달라고 말했다. 그 연주가 그를 잠시 위로했을지는 모르지만, 고통 속에서의 짧은 연주 후에 죽음은 곧 쇼팽을 찾아왔다. 39세의 젊은 나이에 그의 생은 그렇게 끝이 났다.

삶은 영원히 지속되지 않는다. 아무리 영광스러운 삶이라 해도 죽음은 필연이니까. 우리에게는 낮 이후의 밤처럼, 빛을 따라오는 그림자처럼 검고 느닷없는 죽음이 찾아온다.

견디기 어려운 삶의 쇠락과 몰락. 삶의 봄날은 짧고 덧없으며, 삶의 겨울은 길고 단조롭다. 그리고 알 수 없는 죽음이라는 실체가 그 겨울의 끝에 도사리고 있다.

그러나 우리에게는 밤의 위안이 있다. 밤 속에 세운 '동화 같은 궁전'이 있다. 그리고 그 궁전을 가득 채울 쇼팽의 음악이 있다.

우리가 아름답다고 말할 수 있는 모든 것은 사실은 부재하는 것이다. 아름다움은 존재하는 것이 아니기에 아름다운 것이다. 쇼팽의 음악은 그러므로 아름답게 부재한다. 부재함으로써 영원한 현전을 얻는다. 쇼팽은 망각의 세계로 갔지만, 그의 음악은 우리의 밤 속에서 여전한 기쁨의 기억을 준다. 그것이 비록 덧없이 스러지는 환상에 불과할지라도, 모든 부재는 망각과 기억 사이에서 영원히 그 현전을 만끽한다.

쇼팽은 이제 이 세계에 존재하지 않는다. 그의 삶과 죽음은 세계에서 영원히 사라진 지 오래되었다. 그러나 그의 이름과 그의 음악은 끊임없이 나와 당신의 현실 속으로 회귀한다.

아름다움은 사라지면서도 결코 사라지지 않는다. 그가 남긴 노래는 우리의 마음을 가득 채우고, 우리의 밤 속에서 끊이지 않는 강 물처럼 반짝이며 흐른다.

음악과의 이별

음악을 언어로 표현할 수 있을까. 음악은 말로는 전해지지 않는 것들을 우리에게 들려준다. 우리의 내면을 꺼내어 보여주고, 모든 의혹과 떨림을 담으며, 비통한 마음의 쓰디쓴 어둠과 함께 한없이 솟아오르는 기쁨을 우리의 마음에 불러일으키는 것이 음악이다.

음악은 삶의 영역에 속하면서 죽음까지 포함하고 있다. 세계의 모든 고유한 이름들을 호명하고, 모든 색채를 펼치게 한다. 음악은 지상의 모든 풍경이고 알려지지 않은 천상의 공기다.

쇼팽은 작품에 표제를 붙이는 것을 싫어했다. 음악을 언어로 구속하는 것이 마음에 들지 않았던 것이다. 그의 작품에 붙은 '빗방울'이나 '혁명' '강아지' 같은 이름들은 다른 사람들이 붙인 것이다. 쇼팽은 음악을 음악 그 자체로서 자유롭게 두기를 원했던 것 같다. 그는 그만큼 음악을 사랑했을 것이다…

그런 그가 죽음을 앞에 두고 누워 있을 때, 더이상 음악과 함께할 수 없게 된다는 것은 어떤 느낌이었을까. 그는 삶과 이별하는 동시에 음악과도 이별해야 했던 것이다.

우리는 갖게 되리, 가벼운 향기 가득한 침대,

무덤처럼 깊숙한 긴 의자를,

그리고 선반에는 더 아름다운 하늘 아래

우리를 위해 피어난 기이한 꽃들 있으리,

우리의 가슴은 다투어 마지막 불꽃을 태우는

두 개의 거대한 횃불이 되어,

우리 둘의 정신, 쌍둥이 거울 속에

두 개의 빛을 비추리.

신비한 푸르름과 장밋빛으로 빛나는 어느 날 저녁

우린 진기한 빛을 서로서로 주고받으리,

긴 흐느낌처럼 이별을 아쉬워하며;

후에 한「천사」문을 방긋이 열고 들어와,

기뻐하며 살뜰히, 흐려진 거울과

사윈 불꽃을 되살려내리.

샤를 보들레르, 〈연인들의 죽음〉[10]

쇼팽은 피아노의 기쁨을 아는 사람이었다. 그는 절망으로 채색
된 기쁨을 그의 음악에 불어넣었다. 그의 모든 고통과 고뇌는 음악

으로 수렴되었고, 피아노의 검고 흰 건반들에서 생기를 얻었다. 그는 음악을 연인처럼 대했다. 가장 소중하고, 가장 사랑하는 대상으로서, 그와 음악의 정신은 '쌍둥이 거울'처럼 밀접하게 이어져 있었다. 그는 자신의 모든 것을 절대적으로 음악에 쏟아부었으며 음악은 그에게 가장 빛나는 아름다운 선율로 화답했다.

그렇다면, 그의 죽음으로 그 연인 관계는 깨어지게 된 것일까? 그렇지 않다고 하면 비약이 될까? 쇼팽과 그의 음악 사이의 관계는 죽음으로 인해 어떤 면에서는 더욱 가까워진 것은 아니었을까? 이별이 때로는 영원한 사랑의 장소가 되는 것처럼 말이다.

죽음은 삶과의 이별이면서 동시에 남겨진 자들에게는 또다른 시작이 되기도 한다. '쇼팽이 없는 세계'의 시작. 우리에게는 쇼팽의 음악이 남아 있고, 그의 멈춘 심장은 바르샤바의 성십자가 교회에 남아 있다. 우리에게는 쇼팽의 정신이 남아 있고, 그의 몸은 페르 라세즈의 묘지에 잠들어 있다.

쇼팽의 생애는 멈추었지만 그의 음악적 삶은 멈추지 않았다. 음악은 반복되고 이어진다. 쇼팽의 음악은 그 진기한 빛으로 세계의 모든 흐려진 거울과 사윈 불꽃을 되살려낸다.

프렐류드 6번, 조성진의 연주를 듣는다. 문득 숨을 죽이게 만드는 피아노의 여린 음이 가만히 삼월의 푸른 하늘에, 봄의 빛살 가운데 울려퍼진다. 쇼팽의 삶과 죽음이 다시 돌이킬 수 없는 꿈처럼 그의 음악에 실려 있다.

그렇다, 이별은 사랑의 끝이기만 한 게 아니다. 이별이야말로 비로소 다른 형태의 사랑이 시작되는 지점이기도 하다. 이별 이후에 사랑은 꿈으로 남고, 상징으로 남는다. 그것이 상징이 될 때 시작되는 사랑은 더욱 굳건하고 깊은 '이별'이라는 토대 위에 있다. 우리는 이제는 상징이 된 쇼팽을 기억한다. 그가 이 세상에 없기에, 그가 더 이상은 즉흥 연주를 할 수 없고 열정적인 작곡도 할 수 없기 때문에 그가 남긴 것들은 더욱더 애틋할 수밖에 없다. 그의 손 모양이나 얼굴에 새겨진 슬픔과 절망, 기쁨과 격정을 이제 우리는 그의 음악을 통해 듣는다.

반복되는 테마와 변주, 건반이 만들어내는 이 멜로디에 실린 것은 우리 삶의 슬프고도 기쁜 진실이다. 쇼팽이 그토록 표현해내고자 했던 어떤 진실. 몇 마디의 말로는 결코 표현할 수 없는 것. 그러나 우리 모두가 알고 있는, 움직이는 시간의 무게와 생의 고뇌, 삼월의 찬바람 속에서 움을 틔우는 메마른 목련에 내리는 저녁의 어스름 같은 것. 누군가를 몹시 그리워하는 사람의 표정 같은 것. 매일 절망하면서도 또다시 살아내야 하는 삶 저편의 심연 같은 것.

쇼팽이 죽기 직전까지 원하고 갈망했던 것, 제자 구트만의 팔에 안겨 숨을 거두기까지 놓지 않았던 사랑은 음악에 대한 것이었다.

죽음 직전까지 그는 음악을 듣기를 원했다. 자신의 장례식에서 모차르트의 레퀴엠을 연주해달라고 부탁했다. 그의 영혼은 마지막까지 음악을 향해 있었다.

또한 그는 자신의 심장만이라도 조국에 묻히기를 원할 만큼 조국을 그리워했다. 평생, 그는 다시는 돌아갈 수 없는 폴란드에 대한 향수를 자신의 음악에 실었다. 그의 모든 노래에 폴란드의 색채가 들어 있었고, 이제 그는 타국에서, 평생을 이방인으로서 지내온 파리에서 그를 사랑하는 사람들에 둘러싸여 죽어갔다.

그의 임종을 지켜보고 있던 의사가 그에게 아직도 아프냐고 물었다. 그는 "이제는 안 아파요"라고 작은 목소리로 말했다. 그의 고통은 죽음에 이르러서야 끝이 났던 것이다. 삶이 그에게 준 고통은 말로는 표현하기 어려운 것이었다. 쇼팽은 그 고통을, 자신의 아픔을 그대로 음악으로 만들 수 있었다. 그러므로 그의 음악은 짧은 기쁨과 기나긴 고통의 하모니였고, 쇼팽이 그것을 비틀거나 숨기지 않고 표현했기에 그의 음악은 위대해졌다.

아프기에 아름다운 그 멜로디와 템포 하나하나를 낳기 위해 쇼팽이 겪어야 했던 육체적, 정신적 고통은 더욱 깊어지고 견고해졌다. 그 깊고 끈질긴 고통이 끝났을 때, 즉 아픔과 이별했을 때, 그때 비로소 그는 자신의 음악과, 생과, 모든 그리움과도 이별했다. 어떤 생은 그렇게 아픔 속에서 지속되기도 하는 것일까.

그가 숨지고 난 후 그의 데스마스크가 솔랑주의 남편인 클레생 제의 손으로 제작되었다. 처음에 떠낸 얼굴은 죽음의 순간에 쇼팽이 겪은 고통이 그대로 드러나 있어 다시 매만져야만 했다. 화가 크비아 트코프스키는 침상에 누워 있는 죽은 쇼팽의 얼굴을 그렸다. 눈을 감은 그의 옆얼굴, 생명이 빠져나간 그 창백하고 아름다운 얼굴을.

그의 장례식은 마들렌 대성당에서 치러졌다. 쇼팽을 사랑해 마지않던 3천여 명의 사람들이 그의 장례식에 참석했다. 쇼팽의 장송 행진곡과 모차르트의 레퀴엠이 연주되었고, 그의 전주곡 4번과 6번이 울려퍼졌다. 그가 이른 고통의 골짜기가 그대로 펼쳐지는 듯한 그 음악들이 장례식에서 연주되었다.

심장은 적출되어 비밀리에 그의 누이 루드비카에게 전해져 그토록 그리워하던 조국에 안치되었다. 그렇게 쇼팽은 지상의 삶에서 떠나갔다.

죽음은 인간이 감당하기 어려운 사건이다. 그렇기 때문에 우리는 종종 우리에게 죽음이 있다는 사실을 잊고 살아간다.

쇼팽의 죽음을 애도하기 위해 치러진 성대한 장례식을 상상해 본다. 그리고 페르 라세즈 묘지의 깊은 땅속에 묻힌 그의 육신을. 음악은 그런 면에서 죽음을 초월하는 것이다. 음악은 그 자체의 생명력을 갖고 지상에 존재하며 결코 그 생명이 꺼지는 일이 없다. 음악에는 영혼과 육신이 있고, 음악의 그 영육은 유한한 인간의 것이 아니다.

음악은 모든 이별, 모든 어둠을 포함하는 동시에 그것에서 홀연히 사라지는 것이다.

그리고 음악은 그것을 만든 사람과 그 음악을 듣는 모든 사람 사이에 개별적인 다리를 놓는다. 쇼팽의 음악을 듣는 것만으로도 쇼팽의 생에 참여하고 있는 것이다.

쇼팽이 특유의 우아한 몸짓으로 악보에 적어 넣었을 음표들, 그 악상은 언제고 되살아나 내 삶과 고통을 밝힌다. 별 같은 사람이었던 쇼팽, 그는 1849년 10월 17일 새벽 두 시에 죽었다. 그러나 그의 음악 안에서 그는 여전히 별처럼 빛나고 있다.

어떤 죽음은, 그렇게 영원해지기도 하는 것이다.

전주곡 6번, 비통함으로 빛나는 그 선율을 들으며 슬픔이 없는 생은 얼마나 추악할 것인지를 생각한다. 슬프기 때문에, 무언가 그립고 아프기 때문에, 무언가 우리를 떠나가고 말 것을 알기 때문에 이 세상은 아름다울 수 있다. 세상의 거울은 흐려지고 불꽃은 사윈다. 그것을 되살려내는 기적을 기다릴 수 있어서 우리는 기쁘다.

고통의 가치, 고통을 견뎌내며 위대한 음악을 남긴 한 음악가의 죽음을 보며, 고통이야말로 우리가 겪어낼 만한 것이 아닐까 생각한다. 삶을 뒤바꾸고 되살려내는 모든 것은 고통에서 비롯된다. 고통

없이 우리는 아무런 기쁨도 느낄 수 없다. 비통함을 느끼지 못한다면 행복감도 없다.

지금도 쇼팽의 음악을 들으면 두근거린다. 그 슬픔의 노래 안에 담긴 아름다움을 맛보며, 고통 속에 죽어간 그에게 한없이 감사한다.

어느 오솔길에 남을 것인가

걷잡을 길 없이,

내 희망이 거기 던져지듯,

격정과 침묵으로

저 높이 사라지며 파열해야 했던가,

목소리 숲에 낯설어

혹은 추호의 메아리도 뒤따르지 않아,

생애의 다른 때에는

누구에게도 그 소리 들리지 않았던 새는.

험악한 악사,

그는 의혹 속에 숨진다

그의 가슴 아닌 내 가슴에서

가장 나쁜 오열이 솟아나왔던 것인가

찢겨져서도 그는 고스란히

어느 오솔길에 남을 것인가!

스테판 말라르메, 〈소곡 Ⅱ〉[11]

이 시에서, 말라르메는 새에 대하여 노래한다. 말라르메가 말하는 '누구에게도 그 소리 들리지 않았던 새'는 바로 우리 삶의 새다. 삶의 새는 끊임없이 누군가에겐 지저귀지만 사는 동안 우리의 목소리는 '숲에 낯설'고, 거기엔 '추호의 메아리도 뒤따르지 않'는다. 뭔가를, 누군가를 찾아 헤매는 긴 여정 동안 아무도 내 삶의 목소리에 화답하는 사람은 없다.

그럼에도 우리는 걷잡을 길 없이, 그 새가 저 높이 사라지며 파열할 때까지 어떤 희망을 버리지 못한다. 우리는 내 목소리를 누군가는 들을 것이라는 희망, 혹은 어디선가 메아리가 들려올 것이라는 환상을 버릴 수 없다. 사는 일은 그렇게 우리를 희망으로부터 서서히 절망에 이르게 한다. 때로는 그 절망으로 인해, 우리는 격정에 차기도 하고 침묵에 휩싸이기도 한다.

쇼팽의 음악에서 그 격정과 침묵을 듣는다. 마우리치오 폴리니의 연주, '영웅'이라는 이름이 붙은 그의 폴로네즈 6번. 이 곡은 폴란드에서는 '제2의 국가'로 불릴 만큼 남성적이고 웅장하며 화려한 악상으로, 폴란드에 대한 쇼팽의 애타는 그리움과 열정적인 애국심을 드러낸다. 쇼팽은 음악 안에서는 결코 병약하지도 자기 세계에만 빠져 있지도 않았다. 그는 독창적이고 위대했다. 그의 화음은 대담하고 선율은 힘차다.

그러나 쇼팽은 음악 이외의 삶에서는 소극적이고 내향적이었다. 그는 언제나 즉흥 연주를 즐겼지만 많은 대중 앞에 서야 하는 연주회는 부담스러워했다. 그의 피아노 연주는 섬세하고 아름다웠지만 그 소리가 크게 울린 적은 없었다. 많은 여성들이 쇼팽을 따르고 흠모했지만, 그 자신이 사랑한 여인과는 한 번도 끝까지 함께할 수 없었다. 그의 마음은 오직 순수한 음악에만 닿아 있었고, 그는 그 안에서만 행복을 느꼈을 것이다.

그는 재기와 유머가 넘치는 사람이었지만, 질병의 고통이 언제나 가까이에서 그를 따라다녔다. 그는 조국에 대한 끊임없는 향수에 시달렸지만 음악 말고는 조국에 대한 사랑을 표현할 방법이 없었다. 그는 삶의 많은 것을 사랑했지만, 그의 목소리는 언제나 삶이라는 숲속에서 낯설었고, 어떤 메아리도 그의 삶에 뒤따르지 않았다.

그의 삶에는 그렇듯 절망의 그림자가 늘 드리워져 있었다. 그럼에도 불구하고, 그는 삶에 충실한 사람이었다. 그는 친구들과 가족을 사랑했고, 아픈 몸으로 열정을 갖고 연주를 했으며 완벽한 악상을 만들어내기 위해 끈질기게 노력했다.

그래서 그의 죽음에 이르러 우리는 '왜?'라는 질문을 던지게 된다. 왜 그토록 빛나는 재능을 지니고 음악의 정점에 서 있던 한 예술가에게 이른 죽음이 주어졌을까? 정말로 그것은 그의 운명이었던 것일까? 운명을 이겨낼 수 있는 재능이란 존재하지 않는 것일까?

쇼팽의 폴란드인 친구였던 그세마와는 쇼팽이 죽은 후에 "예술가의 작품은 불멸하지만 정작 그것을 창조한 천재는 그 수명과 함께 사라져야 하는 까닭이 대체 무엇인가"[12]라고 말하며 슬퍼했다.

어쩌면 모든 죽음은 그저 하나의 '의혹'일지도 모른다. 우리는 죽음을 결코 경험해볼 수 없으므로… 우리는 누구나 죽음을 갖고 있으면서도 완전히 가질 수 없다. 우리 앞에 놓인 그 짙은 어둠을 응시하지만, 죽음이라는 어둠은 우리에게 아무것도 보여주지 않는다.

언제나 기침과 호흡곤란 속에서 죽음의 예감에 쫓겼을 쇼팽에게 닥쳐온 죽음은, 그 자신에게 과연 어떤 것이었을까? 평온과 안식이었을까, 아니면 공포와 두려움이었을까?

쇼팽이 숨진 후 그가 남긴 편지와 그가 작곡한 찬란한 음악들이 그의 생을 증명했지만, 정작 그는 더이상 세상에 없었다. 그러나 나는 그에 대한 기록들과 음악 속에 아직도 숨 쉬는 그를 본다. 쇼팽의 음악을 들을 때, 세상의 모든 아름다운 것들 속에서 그를 볼 수 있다. 반짝이는 봄의 햇살과 한껏 움을 틔우는 나무들 속에, 삼월의 연한 바람과 사람들의 가벼운 걸음걸이 속에. 누군가의 쓸쓸한 뒷모습이나 언젠가 지워지고 말 행복한 순간들 속에, 그렇게 모든 불운과 매혹과 안타까움 속에 쇼팽이 있다.

쇼팽이 그립다. 그의 음악을 듣기 때문에. 그의 음악 속에 남아 있는, 그가 그리워했던 것들 때문에.

그리움은 어쩌면 우리가 가진 유일한 행복일 것이다. 그리워할 수 있는 자유는 모든 존재에게 허락된 유일한 것이다. 물론 우리는 그리워하는 것을 다 얻을 수는 없다. 얻을 수 없기 때문에, 그리움은 깊고 아픈 것이 된다.

쇼팽이 그리워했던 것들은 얼마나 많았을까. 그 귀족적이고 명민한 영혼에 깃든 그리움은 어떤 것이었을까. 그는 돌아갈 수 없는 조국의 흙을 그리워했고, 다시 만날 수 없는 사랑을 그리워했으며, 평생 자신이 가닿기를 원하던 음악의 정신을 그리워했다. 그리고 그 그리움을 멜로디에, 건반에, 악보에 온 힘을 다해 실었다.

삼월이다. 봄은 무언가를 그리워하기 좋은 계절이다. 그리고 그 그리움 끝에 절망하기에도… 봄은 그래서 마음을 서성이게 만든다. 희망과 절망 사이에서 봄이 온다. 절망은 두려운 것이지만, 피할 수 없고 피해서도 안 된다. 우리는 절망에 이를 때에야 다시 희망할 수 있으니까. 희망은 그리운 것이고, 무언가가 그립다는 것은 희망이 있다는 것이니까.

쇼팽의 사후에 많은 사람들이 그를 그리워했다. 그의 절망을 안타까워하고, 애도했다. 지금도 수많은 사람들이 그를 그리워하고 있다.

물론, 아무리 쇼팽을 그리워해도 그는 침묵할 뿐이다. 페르 라세즈의 대리석 조각 밑, 깊은 무덤 아래에서.

　죽음이라는 사건이 그와 세상을 영원히 분리시켜놓았으므로, 이제 그는 단지 남겨진 음악만을 통해 말한다. 지금 나에게는 그의 폴로네즈를 듣는 일, 봄의 어스름한 저녁 하늘 아래에서 쇼팽이라는 천재가 남긴 이 애틋하고도 힘찬 멜로디를 듣는 일이 그를 그리워하는 방법이다. 그리움을 향해, 그리움으로 가닿는 손.

> "피아노 쳐주세요." 그가 불쑥 부탁했다.
>
> 그녀는 아무 말도 하지 않고 피아노로 갔다. 놀라워하지도, 이상해하지도 않는 듯했다. 그녀는 피아노 앞에 앉아 연주하기 시작했다. 그녀가 얼마 동안이나 그렇게 연주를 했는지 야네크는 알지 못했다. 그는 정말 알지 못했다. 한 번도 그런 기분을 느껴본 적이 없었다. 어느 순간 그녀가 몸을 돌렸다.
>
> "쇼팽이야. 폴로네즈란다." 그녀가 말했다.[13]
>
> 로맹 가리, 《유럽의 교육》

　그의 음악에 세상의 모든 그리움들이 물결치는 것이 느껴진다. 그의 폴로네즈는 폴란드를 향한 헌사였고, 조국의 정신이었다. 이 멜로디에 넘치는 폴란드에 대한 사랑만으로도 그의 위대함을 느낄 수 있다. 자신처럼 슬픈 운명에 처한 폴란드의 무곡… 쇼팽은 그것을 독자적이고 위풍당당한 노래로 만들었다. 그는 조국의 땅을 그리워하며 한 마리의 찢긴 새처럼 죽어갔지만, 아름답고 절묘하며 그리움으로 가득한 이 음악들을 남겼으므로… 이제 쇼팽의 삶은 물론 그의 죽음마저도 고스란히 음악의 오솔길에 남아 있다.

그는 화답하지 않는 생의 그리움들에 찢겼지만, 그랬기 때문에 그의 음악이 지금 우리들의 그리움에 이렇게 화답하고 있는 것인지도 모른다. 쇼팽이 그리워한 것들을 생각하고, 그의 가슴 아픈 삶과 죽음에 대해 생각한다.

그가 음악이라는 오솔길에 남아 있어서 다행이다. 그의 음악을 이렇게 그리워하고 기뻐하고 슬퍼할 수 있어서, 내 삶의 새에게 이런 희망들이 아직 남아 있어서.

발자취들

젤라조바 볼라 그리고 폴란드

1810년, 프리데리크 프란치셰크 쇼팽은 폴란드 바르샤바 서쪽, 우트라타 강변의 작은 마을에서 태어났다. 그는 안온한 환경에서 두 누이와 함께 행복한 유년을 보냈고, 8세 때 처음으로 작곡을 시작했으며 연주회에도 서기 시작했다. 젊은 쇼팽은 재기발랄하고 유머가 풍부한 사람이었다. 누이동생인 에밀리아가 폐결핵으로 요절한 것을 제외하면, 그의 어린 시절에 그림자를 드리우는 것은 없었다. 뛰어난 재능과 지브니, 엘스너라는 두 스승과의 만남은 쇼팽에게 주어진 행운이자 지복이라고 해야 할 것이다. 그러나 1830년 11월 2일 빈으로 떠나기 위해 마차를 탄 이후, 그는 이렇게 따스한 가족과 조국의 품으로 다시 돌아오지 못했다.

한 예술가의 성장에 그의 유년이 미치는 영향은 어쩌면 절대적인 것이다. 쇼팽이 병약한 체질에도 불구하고 그토록 위대하고 독창적인 작품들을 만들 수 있었던 저력과 그의 귀족적인 성정은 이런 배경에서 나왔을 것이다. 그렇지만 그에게는 치명적인 결핍들이 있었다. 그것은 잃어버린 조국 폴란드, 강건하지 못한 육신, 사랑하는 여성과의 이별이었다. 물론, 어떤 결핍은 창조적인 힘이 되기도 한다.

1831년 바르샤바가 함락되었을 때, 쇼팽은 일기를 남겼다.

슈투트가르트 시계탑의 시계가 밤에 뎅뎅 시간을 알린다. 이 순간에도 얼마나 많은 새로운 시체가 세상에 생겨나고 있을까? 아이 잃은 엄마들, 엄마 잃은 아이들, 죽은 자 위에 드리우는 너무 큰 슬픔 그리고 너무 큰 기쁨! … 아버지! 어머니! 어디 계세요? 시신으로 계세요? 어쩌면 어떤 러시아 놈이 속임수를 썼을지도 모르죠. 오, 기다려요… 오, 기다려요… 그렇지만 눈물이… 흐느낄 겨를조차 없이 눈물이 흘러내려… 얼마나 초라한가… 혼자다! 혼자! 내 비참한 처지는 말로 다할 수 없어. 이런 느낌을 어떻게 견딜까…[14]

그가 작곡한 음악들에 쇼팽만의 색채를 더하는 것들, 그의 폴란드적인 색채와 예민한 감수성이 너무도 잘 드러나는 대목이다. 그에게는 조국에 대한 향수와 격정적인 애국의 감정이 있었다. 그리고 그의 음악에는 언제나 너무 큰 슬픔과 너무 큰 기쁨이 있었다. 쇼팽이라는 천재의 내면에 자리 잡은 기쁨과 슬픔은 마음을 울리는 멜로디와 화음이 되어 남았다. 그는 천재이기 이전에 시인이었던 것이다.

파리

1831년 쇼팽은 파리로 간다. 당시 파리는 수많은 예술가들이 모이는 창조적인 활기를 띤 도시였다. 쇼팽은 그 이후 삶의 대부분의 시간을 파리에서 보냈고 결국 파리의 페르 라셰즈 묘지에 묻히게 된다. 그는 파리에서 음악적, 문화적 자극을 받았고 많은 사람에게 환영받았으며, 파리의 공기를 마시고 음식을 먹으며 파리의 분위기에 동화되었다.

슈만은 이때 등장한 쇼팽을 천재로서 상찬했고, 쇼팽은 리스트, 들라크루아, 조르주 상드 등 그의 인생에 크게 자리한 인연들을 파리에서 만나게 된다. 쇼팽이 파리에서 지낸 기간은 죽기 전까지 18년, 어쩌면 아주 오랜 시간이라고는 할 수 없지만, 그의 짧은 생에서 대부분의 음악 활동이 파리에서 이루어졌다. 천성적으로 세련되고 우아했지만 자유롭게 자란 쇼팽은 아마도 파리의 예술적 자유분방함과 활기를 사랑했을 것이다. 그리고 그것은 자연스럽게 그의 음악에 녹아들었다. 바람처럼, 물결처럼, 달빛처럼.

마요르카 섬과 노앙

조르주 상드와의 추억이 어린 곳 그리고 그녀의 보호와 그녀에 대한 열정 안에서 아름답고도 절절한 음악들을 만들어낸 장소, 발데모사 수도원과 노앙의 집은 쇼팽의 삶에서 아마도 가장 큰 진실이자 모험의 장소가 아니었을까. 건강이 악화되어 각혈과 기침을 계속하는 몸으로도 그는 삶과 사랑에 충실하려 했고, 거기서 나오는 힘으로 끊임없이 작곡을 했다.

마요르카 섬의 척박한 환경도, 노앙의 지루함도 쇼팽에게는 하나의 시련이었지만, 그런 작은 불편함보다 더 큰 운명 같은 사랑이 이 장소를 오가던 오랜 기간에 걸쳐 지속되었다. 그러나 사랑의 장소는 또한 이별의 장소이기도 해서, 조르주 상드와의 관계가 그만큼 밀접했기 때문에 결별 이후 쇼팽의 충격은 더욱 컸을 것이다.

> 종려나무, 삼나무, 선인장, 올리브나무, 석류나무 등 많은 나무가 우거진 팔마에 와 있어. 파리의 식물공원 온실에서나 보던 니 무들이 여기 다 있네. 하늘은 터키석 같은 청옥빛이고 바다는 청금석처럼 푸르러. 산은 에메랄드 연둣빛에 공기는 천상의 공기 같아.[15]

그가 처음 마요르카 섬에 도착했을 때 율리안 폰타나에게 보낸 편지에 쇼팽은 이렇게 적었다. 그러나 그런 황홀한 행복은 오래가지 못했고 마요르카 섬의 날씨가 나빠지자 곧 쇼팽은 기침을 하기 시작했다. 그리고 조르주 상드에게 어린아이처럼 의존하게 된다. 평생 여성과의 관계에 성공하지 못했던 쇼팽에게 조르주 상드라는 모성적인 여인의 힘과 에너지는 크나큰 위안이 되었지만, 사랑이라는 정념과 질투의 감정이 그의 예민한 감수성에 미친 고통 역시 컸

을 것이다. 열정의 환희와 기쁨 그리고 그에 반하는 아픔과 애달픔
이 쇼팽을 지배하던 시절이었다.

생각해보면, 사랑의 본질은 기쁨보다는 슬픔에 가깝다. 마요르
카 섬과 노앙은, 쇼팽에게는 결코 따스하고 안락한 장소가 아니었
다. 그러나 예술적 영감은 어쨌든 그런 고통과 상처에서부터 오기
도 한다.

페르 라세즈 묘지

나에게 영감을 주는 것 역시, 쇼팽의 슬픔과 아픔이다. 그리고
그의 비극적인 죽음이다. 그가 영원히 잠들어 있는 페르 라세즈 묘
지를 마음속에 그려본다. 언제나 아름다운 꽃들이 놓여 있고, 여전
히 많은 사람들이 그의 죽음을 애도하는 장소. 쇼팽과 대면한 적이
없지만, 그의 음악과 생의 기록을 통해 그를 만난다. 음악으로 시를
썼던, 어느 누구보다도 아름다운 시인이었던 한 사람.

오늘은 평소 자주 가는 카페에 들어서자 디누 리파티의 연주로
그의 바르카롤이 흐르고 있었다. 이 세상에는, 그러니까 내가 살고
있는 이 세계에는 언제까지나 그의 음악이 흐를 테고, 우리가 언제라
도 쇼팽의 음악을 만날 수 있고 들을 수 있다는 사실은 얼마나 다행
스러운가!

그가 천재적인 재능으로 만들어낸 선율은 결코 사라지지 않는다. 이 세계에 쇼팽이라는 이름과 불멸의 음악을 선물한 사람, 그는 죽음으로도 사라지지 않는다.

쇼팽이 남긴 발자취들, 그의 흔적들을 되짚어보며 쇼팽의 삶과 죽음에 대해 생각한다. 아직 어두워지지 않은 초저녁 하늘에 낮달이 떠 있다. 달, 어둠과 빛을 함께 포함하는 저 은은함에 쇼팽의 정신이 있다. 슈만은 "모든 참신한 현상에는 정신이 자리 잡고 있다"고 말했다.

쇼팽의 정신은 하나의 시였다. 그는 음악으로 진실의 핵심에 다가갔고, 그의 삶은 그러기 위한 시난한 노력의 시간으로 이루어졌다. 슈만은 또, "사람의 마음속 깊은 곳으로 빛을 들여보내는 것, 그것이 예술가의 소명이다!"라고 외쳤다. 쇼팽의 모든 생은 바로 그것을 위해 바친 거라고 생각한다. 예술가의 소명, 음악으로 빛을 만드는 것.

쇼팽은 빛을 만들었고, 그 자신이 별빛같이 빛나는 사람이었다. 인간은 악마가 될 수도 있고 천사가 될 수도 있지만, 무엇보다 인간이 위대해지는 순간은 자신을 아끼지 않고 무언가에 투신할 때다. 그것은 예술이 찰나와 영원을 아우르는 이유가 된다.

이 처참하고 어두운 세상에서 영원히 꺼지지 않는 빛을 만들어 우리의 마음속 깊은 곳에 스며들게 한 사람, 음악이라는 기쁨을 위해 슬픔을 마다하지 않은 사람. 그렇게 쇼팽이라는 이름을 간직한다.

한 사람의 생은 저마다 한 줄기의 빛이다. 이윽고 그것이 꺼져도, 그가 남긴 발자취와 그의 정신은 꺼지지 않고 빛난다. 불시에 닥쳐오는 생의 허무, 그 공허함에 지칠 때마다 그것을 기억할 필요가 있다. 감사하며 그리고 기억하며, 오늘도 쇼팽의 별빛 같고 달빛 같은 피아노 협주곡 1번의 2악장을, 그 열렬하고 감미로운 음악을 듣는다.

영원한 이별은 없다. 그 무엇과도 나는 단절되지 않는다, 온 우주를 다 돌고 온 세상의 모든 것이 이 음악 안에서 이렇게 하나가 되니까.

에필로그

"음악이 사라지는 이유에
음악이 있고
돌이 결코 사라지지 않는 이유에도
돌들이 들어 있네"

박시하, 〈검은 돌〉 중에서

무언가는 더 멀어졌고, 무언가는 더 가까워졌다.

시간이 흘렀고 계절이 변했으며,
사람들은 길을 걷고, 가끔은 길을 잃으며 여전히 조금씩 늙어
갔다.

음악은 사라지면서도 사라지지 않았다.
어떤 말은 시가 되었다.
어떤 말은 노래를 덮었다.
말이 말을 넘어설 때, 그런 일은 아주 가끔 일어난다.
음악을 만든다는 일을 자주 상상했다.

행복한 일일 거라고 생각했다.

그렇지만 고통에 대해서 말하지 않을 수 없었다.

때론 죽음만이 삶을 보상하는 것이라서

죽음을 보지 않고 삶을 볼 수는 없었다.

누군가에 대해 증언한다는 일,

그것은 그의 슬픔을 짐작해보는 일, 거기에 참여하는 일.

지나간 것을 다가올 것으로 바꾸는 일.

그런 일이었다.

쇼팽의 음악은 과거의 것이 아니다.

그것은 미래에 속해 있다.

그러므로 쇼팽은 언제나 바로 여기에서, 지금부터 시작된다.

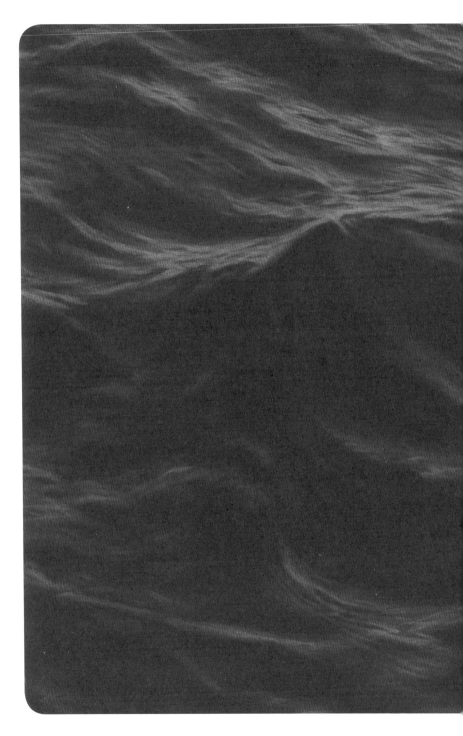

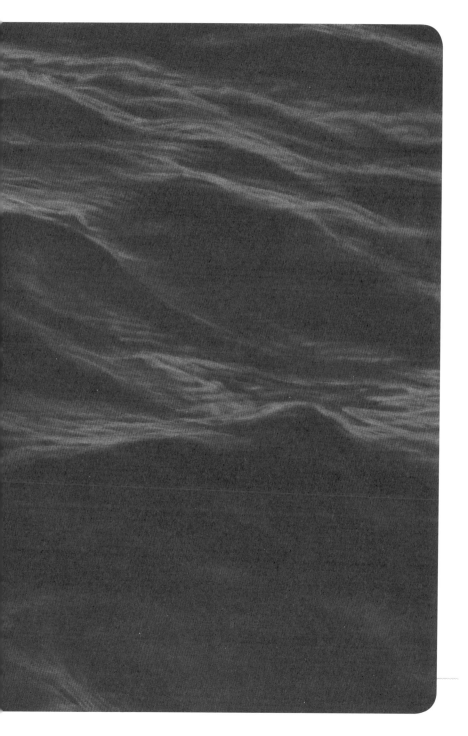

대화

첫 번째 편지

~~~~~~~~~~~~~~~~~~~~~~

오늘은 당신에게,
편지를 쓰고 싶습니다.

아니, 오늘보다 훨씬 이전부터
당신에게 편지를 써왔습니다.

거리를 걸으며, 밤의 자락이 길바닥에 길게 드리운 때나
흰 달이 얼음장 같은 검은 하늘에 짙게 달무리를 뿌리는 것을 볼
때면
당신의 음조를 떠올렸습니다.

꿈이 잠시 현실 위로 구름처럼 떠오를 때
그럴 때 당신의 음악은 내 마음에 가만히 솟아올랐습니다.
내가 그만두고 싶을 때까지
그 음조가 실컷 마음속에 울리게 내버려두었습니다.
마음에 울리는 음악, 그것은 참으로 신비로운 것입니다.
당신의 사상과 감정들이 내 안에서 폭풍우처럼, 때론 봄바람처럼

일렁거렸습니다.

그것만으로도 나는 당신에게 편지를 쓴 셈입니다.

수많은 말들이 당신을 향해 건너갔습니다.

우리에게는 어떤 대화가 필요했습니다. 확신이 필요했습니다.

그래서 당신의 음악을 다시 떠올렸습니다.

내 마음 안에서 울리는 음악이 확신에 찬 당신의 말이었습니다.

쇼팽, 당신은 외로웠다고 말했나요?

그 말이 당신의 폴로네즈에 담겨 나에게 전해졌습니다.

나 역시 가끔은 외롭습니다. 누구나 그렇듯이.

외롭지 않았다면 애초에 당신에게 편지를 쓸 생각도 하지 않았을 것
이기에

외로움은 나에게 기쁨이 되기도 하는군요.

우리가 외롭기 때문에 하는 일들은 아주 많습니다.

나는 시를 짓고, 당신은 음악을 만들었지요.

그래서 당신은 외로웠다는 사실을 음악에 심어놓았는지도 모릅니다.

그 부드러운 선율이 고독에서 비롯되었다는 것은

모든 예술의 비밀입니다.

당신에게 질문을 하고 싶습니다.

어째서 우리는 기쁨이 아닌 슬픔의 쾌락에 물들어 있는지를요.

슬프고, 고통스러울 때 인간은 음악으로 위안을 받지요.

당신의 음악은 그러나 단지 위안이라고 말하기에는 고통이 너무 많이 배어 있습니다.

아마도 당신이 너무 예민하고, 너무 고독했기 때문이었을까요.

이룰 수 없었던 사랑, 떠나온 조국, 그 모든 것으로 인해 고통 받은 당신의 붉었을 심장.

그 심장에 당신이 채워 넣은 피는

오직 음악으로만 흘렀을 것입니다.

그리고 그것은 나에게 슬픔의 쾌락, 고통의 쾌락, 쾌락을 넘어서는 쾌락을 줍니다.

그 쾌락은 죽음의 쾌락입니다.

이제 입안으로 협곡이 통째로 들어오고

이제 숲의 위험 속에서 다섯 개의 손가락이 흩어져버리고

이제 수풀 속으로 머리가 먼저 굴러들고

이제 백설과 이리떼들로 목이 치장되고

이제 이름 모를 죽음의 통행인들 위로 두 눈이 바람되어 불어오면 이 추위와 물살과 바람 속에 있는 것은 바로 우리들이다.[16]

이브 본느프와는 죽음과 생명에 대해 이렇게 노래했습니다.

생명의 쾌락 이전에는 죽음의 쾌락이 있다고 생각합니다. 그렇지 않다면 어째서 우리가 살아 있으면서도 이렇게 자주 죽음에 대해 꿈꾸는 걸까요?

외로움과 질병에 고통 받으면서도, 당신이 만들어낸 음악에는 생명력이 넘칩니다.

그리고 그 생명력은 죽음에 대한 저항이자, 죽음에의 의지입니다.

죽음에의 의지, 나는 그것을 당신의 폴로네즈에서 반복되는 음조들로 인해 읽어낼 수 있습니다.

죽음으로 가고자 하는 음악, 죽음을 향해 열려 있는 음악.

당신이 죽고자 했던 사람이 아닌, 삶을 누구보다 사랑했던 사람이기에

그런 음악이 가능했을 것입니다.

그리고 당신이 피를 토하면서 발견해낸 그 음악들로 인하여

이렇게 마음껏 죽음에 대해 꿈꿀 수 있습니다.

추위와 물살과 바람 속에서도 당신의 마음속에 흘러넘쳤던 그 음악들로 인해서요.

지금 서울은 몹시 춥습니다.

이 추위 속에서, 백설과 이리떼들로 목이 치장된 우리들은

당신의 음악을 듣습니다.

기억하나요, 아직, 당신이 폴란드에 살았던 시절을.

어렸던 그 시절, 당신의 어린 손가락들을.

당신의 심장이 지금 그곳에, 성십자가 교회에 안치되어 있습니다.

이제는 붉지 않을 그 심장, 타버린 재와 같을 당신의 심장을 생각합니다.

그러나 당신의 심장은 또한 지금 여기에 있습니다.

나와 같이, 내 마음에서 울리는 당신의 폴로네즈와 함께 고동치고 있습니다.

우린 모두 외롭습니다. 우린 모두 고독에 몸부림치고 있습니다.

분열되는 육체, 그 육체를 벗어나지 못하는 정신.

나는 너를 보고 있지만 너에게 가닿지 못합니다.

마치 외롭기 위하여 태어난 것처럼

우리는 순수하게 외로운 존재입니다.

당신의 음악이 그토록 순수하게 오직 음악인 것처럼 말이지요.

창밖에서 바람 소리가 위태롭게 들려옵니다.

삭풍에 흔들리는 저 겨울나무들도 외로움을 말합니다.

골목에서 마주친 검은 고양이 한 마리, 추위와 배고픔에 지친 고양

이도 외로움에 빠져 있습니다.

세상의 만물은 모두 고독합니다.

그래서 우리는 헛되이 타인에게 손을 내밉니다.

타인은 흘러가는 강물처럼 잡을 수 없는데도.

당신에게는 돌아갈 조국도 없었고, 당신은 그리운 가족을 만날 수 없었고, 당신은 사랑 앞에서 좌절했고, 당신은 평생 고독했지요.

그러나 당신은 음악을 남겼어요.

당신의 음악 안에서는 외롭지 않습니다.

폴로네즈의 힘찬 악상이 마치 세계의 고동소리처럼 전해지고 있습니다.

전진하고 또 전진하는 인간의 정신,

불굴의 의지를 이 음악이 말하고 있습니다.

대화는, 이 음악으로 충분합니다.

두 번째 편지

상송 프랑수아가 연주한 당신의 녹턴을 듣고 있습니다.

아침에는 시를 한 편 썼어요.
흰 눈이 쌓인 길에 나 있는, 발 없는 사람들이 남긴 검은 발자국들에 관한 시였죠.
시를 쓰고 음악을 듣는 일은 내 일상이면서도 일상적이지 않은 일입니다.
시를 쓰는 것은 내면의 나를 뒤집어 들여다보는 일이어서,
그리고 음악을 듣는 일은 내면으로 깊이 들어가는 일이어서.

오늘은 우체국에도 잠시 다녀왔습니다. 두 권의 책을 보냈어요.
누군가에게, 뭔가를 보내는 일에는 어떤 의미가 있을까요.
보낸다는 것에는 언제나 어떤 '투신'의 의미가 담겨 있는 것 같아요.
답을 받지 못해도 우리는 보내고는 하니까요.
세상에게, 사람에게, 나 자신에게 우리는 늘 뭔가를 보내며 살고 있습니다.
어쩌면 보내지 않고는 견딜 수 없는 것이겠지요.

시를 쓰는 일은 나의 내면을 어딘가로 보내는 일이기도 합니다.
그리고 음악을 듣는 일은 내 이야기를 음악에 들려주는 일이기도
하지요.

쇼팽, 당신도 편지를 종종 썼겠지요.
당신이 살던 시절에는 편지가 소통의 주요 수단이었을 테니까요.
상상해볼 수 있습니다.
사랑했던 여인 조르주 상드에게, 그리웠을 폴란드의 가족에게, 당
신의 친구 티투스에게 편지를 쓰는 당신의 모습을.

> 새로 작곡한 협주곡의 아다지오 악장, 이 곡은 세게 연주할 곡이 아니
> 다. 그보다는 낭만, 고요함, 우수를 살려야 하는 곡이다. 마음속에 천
> 가지쯤의 소중한 추억을 불러일으키는 어떤 곳을 조용히 바라보고 있
> 다는 느낌을 주어야 한다. 맑게 갠 봄밤에 달빛을 받으며 명상하는 분
> 위기의 곡이다. 그래서 관현악 반주 부분은 일부러 소리를 약하게 내
> 도록 한 것이다.[17]

당신이 이렇게 썼을 때, 당신은 어쩌면 사랑에 빠져 있었을까요.
삶에 그리고 음악에 대한 사랑에 빠져 있었을 젊은 당신을 생각해
봅니다.
젊고 우수에 찬 로맨티스트 쇼팽의 모습.

슈만은 "쇼팽의 작품들은 꽃 속에 파묻혀 있는 대포다"라고 썼어요.
그렇게 아름다우면서도 대담한 작품들을 만든 당신, 당신의 음악이
너무도 놀랍습니다.
그리고 당신의 음악을 사랑합니다.
당신의 음악은 한없는 낭만과 몽환을 표현하면서도 그 나직함 속에
세계의 핵심이 들어 있어요.
그 음악들에서 당신의 내면이 그대로 투명하게 열려 보이는 것 같습
니다.
아마도 그래서 그것을 우리는 음악의 시라고 부르기 시작했을 겁
니다.

음악 외에 가진 것이 없었던 당신에게도 운명이 있었지요.
당신의 운명을 결정지은 행로가 있었지요.
당신의 음악과 따로 떼놓을 수 없는 비극적이고 아픈 삶이 있었
지요.

1830년 11월 2일 당신이 폴란드를 떠날 때,
당신의 운명은 당신이 다시는 고국의 땅을 밟지 못하게 만들었습
니다.
당신의 친구들이 당신에게 은잔에 담긴 고국의 흙을 선물했지요.
그때 젊은 당신은 자신을 믿었습니다.

흰 눈처럼 맑고 순수했으며, 삶을 긍정했을 당신을 상상합니다.

그러나 잔혹한 운명이 당신 앞에 놓여 있었습니다.
병과 고독, 고통이 언제나 그 이후 당신의 곁에 있었습니다.
그런데도 당신은 음악 앞에서 끝까지 절망하지 않았습니다.
그래서 완벽에 가까운 당신의 음악을 들을 수 있습니다.
삶의 절망을 표현하지만 결코 아름다움에 대한 갈망을 잃지 않은,
당신이 만들어낸 음악들을요.

러시아 군대에게 바르샤바가 함락되어 조국을 잃은, 평생 이방인으
로 살아갔던 프레데리크 쇼팽.
당신의 이름을 가만히 불러봅니다.
내 마음은 당신에 대한 고마움으로 가득합니다.
당신이 당신 몫의 아픔을 견디고 음악을 작곡했기에 지금 당신의
이름을 부를 수 있으니까요.
당신이 피아노에 당신의 고통을 쏟아부었기에,
나는 눈이 내린 길을 걸으며, 시를 쓰며, 당신의 음악을 들을 수 있
으니까요.
나에게 소중한 온갖 추억이 당신의 음악을 통해 되살아나고,
당신의 절망과 운명이 지금의 나를 위로하니까요.
음악에 자신을 걸어야만 살아갈 수 있었던 운명이 당신에게 힘겨웠

을까요.

그러나 당신이 음악을 사랑했다는 것을 알 수 있습니다.

당신은 음악에 대한 사랑으로 불가능한 것을 가로질러 갔습니다.

사랑은, 그래요, 대가를 지불해야만 누릴 수 있다는 것을 우리는 알고 있지요.

하지만 그 사랑이 이루어내는 위대함을 우리는 알고 있습니다.

어쩌면 운명이란, 우리가 누리는 사랑에 대한 대가인지도 모르겠습니다.

이 편지는 답장을 받을 수 없는 편지지만,

당신에게 내 생각을 말하면서 나는 이것이 대화라고 느끼고 있습니다.

음악이 당신의 답장이지요.

비극적인 운명과 길지 않았던 생에서 비롯된 당신의 음악,

이 녹아드는 듯한 감미로운 선율이 당신의 대답이에요.

야상곡을 들으며 이제 하루는 저물고 밤이 되었습니다.

차고 맑은 하늘에 달이 떠올라 있어요.

당신의 녹턴보다 더 달빛에 어울리는 음악을 들어보지 못했습니다.

달빛, 밤하늘 그리고 거기에 흩뿌려진 빛나는 별들처럼 당신의 음

조가 흘러갑니다.

속삭이듯 아주 작게 시작해서 빠르게, 느리게. 밤의 낭만, 밤의 슬픔, 밤의 절망과 밤의 기쁨이 음악 안에서 함께 흐르고 있습니다.

　　내가 가장 슬펐을 때가

　　검고 탁하다고 해서

　　밤이 밤이 아닐 것을 바랄 수는 없었다.

이것은 나의 시, 〈밤〉의 전문입니다.

나는 이런 밤을, 밤의 슬픔을 겪은 적이 있습니다.

검고 탁한 슬픔. 그러나 밤의 슬픔은 그 진득한 어둠 속에 달빛처럼 빛나는 구원을 포함하고 있어요.

밤은 언제나 밤일 뿐이지만, 그 밤 때문에 아침이 그렇게 아름다운 것이겠지요.

밤의 노래, 당신의 녹턴 역시 그런 슬픔과 희망을 함께 노래합니다.

한없이 아름다운 어둠…

빛을 간직한 어둠의 노래.

우리는 주어진 운명에 따라 살아가는, 언젠가 죽어야만 하는 초라한 인간일 뿐이지만,

그 운명 안에서 어떤 빛나는 것이 남겨지는지는 각자의 몫이라는 생각이 듭니다.

가끔 어둠에 잠기고, 거의 언제나 슬프지만, 슬픔이 빚어내는 아름다움이 있기에 우리는 눈을 뜨고 살아갑니다.
언제나 검은 발자국이 남는 인간은 불행하면서도 행복한 존재입니다.
밤마다 아침을 꿈꾸면서, 탁하고 검은 슬픔에도 불구하고 달빛을 바라보는 존재입니다.

밤에 종종 옥상에 올라가고는 합니다.
밤의 공기와 어둠 속에서 잔잔히 빛나는 불빛들 그리고 그 모든 불빛마저 꺼졌을 때 비로소 떠올라 옅은 그림자를 만드는 달빛을 보고 싶어서요.
그리고 가끔 옥상에서 쇼팽, 당신의 음악을 듣기도 해요.
별빛처럼 반짝거리는 당신의 음악을 듣노라면 나의 존재가 덜 불행하게 느껴집니다.
이 세계가 덜 아프게 다가옵니다.

당신과 이런 말들을 나누는 것은 나에게 큰 기쁨입니다.
나눌 수 있는 것들이 아직 무한히 많이 있다고 느낍니다.

음악은 그렇게 커다란 영역입니다.

아무리 듣고 또 들어도 들을수록 소진되는 것이 아니라 무언가가 새롭게 생겨나는 것이 음악입니다.

이 밤, 당신의 녹턴을 듣고 또 듣습니다.

밤의 옥상에서 달을 바라보며 당신을 생각합니다.

당신은 음악으로 시를 쓴 한 음악가, 오래전에 죽어버린 사람인 동시에 아직 음악 속에서 생생히 살아 있는 사람입니다.

이 우아한 선율 속에서 당신의 숨결을 듣습니다.

당신의 희망과 기쁨, 슬픔을 느낍니다. 당신이 보내는 답장을 받습니다.

밤이 밤이 아닐 것을 바랄 수 없고, 낮은 언제나 낮일 수밖에 없는 것이 우리의 운명이지만,

우리 안에서 밤과 낮을 초월하는 것들이 있습니다.

재투성이의 운명 속에 뒹굴면서도 한 걸음 더 나아가는 것.

아픔을 깨달으면서도 의연하게 무언가를 계속해서 사랑하는 것.

그것은 그저 밤의 옥상에서 가만히 녹턴의 선율을 따라 부르며, 나 자신의 운명과 사랑을 당신의 음악에게 들려주는 것으로도 시작됩니다.

이윽고 당신이 들려주는 대답처럼, 은은한 달그림자가 피어납니다.

밤의 나무들이 숨을 죽이고 우리의 대화를 듣고 있습니다.

세 번째 편지

그 손과 그

상처로부터 당신을 향해

태어난 것이

당신의 잔들을 완성시킵니다.[18]

파울 첼란

우리에겐 피할 수 없는 상처들이 있습니다.

삶은 상처들로부터 상처들을 향해 흘러갑니다.

우리가 감당할 수 없는 그 많은 아픔에 대해 생각합니다.

아픔 없는 삶이기를 원하지만, 아무런 상처도 나지 않은 세월은 존재하지 않지요.

우리는 시간에게 대가를 치러야 합니다.

인간의 성장은 어쩌면 고통에 대한 증거일 것입니다. 그러니 상처를 두려워한다면 아무런 일도 이룰 수 없겠지요.

내 잔의 크기를 키우기 위해서는 상처를 감수해야 할지도 모릅니다.

그러나 때로는 피해가고 싶은 고통, 누군가에게 주어지는 너무도 큰 아픔 앞에서 망연해집니다.

정말로 이 세계에 희망이 있을까요.
언제나 희망은 너무 멀고, 온갖 상처는 가까이에서 숨을 쉬고 있습니다.

몹시 추운 겨울 아침, 사람들에게 주어지는 고통에 대해 생각합니다.
세상은 아름답지 않아요. 사람들은 모두 고통스러워하고 있고
끝나지 않는 고통 속에서 우리의 영혼은 몸부림칩니다.
우리가 가진 굴레이자 축복인 육신에 갇힌 채로 말이지요.
우리는 육신에 갇혀 있고 그 육신은 한계투성이입니다.
모든 사람은 언젠가 늙고, 추해지고, 결국 죽게 될 것입니다.

육신에 갇힌 채로, 육신에 속한 꿈을 꿉니다. 꿈에서도
우리는 자신의 육신에 갇혀 있어요. 끊임없이 음식을 먹어야 하고,
배설해야 하는 이 육신.
고통과 욕망에 시달리는 몸, 그 몸 안에서 영혼은 때로 지쳐버립니다.
아름답고 순수한 어떤 것을 원하는 것이 자연스러운 것인지,

또 그런 것들이 이 세상에서 가능하기나 한 것인지 잘 모르겠습니다.

이런 마음일 때, 당신 생각을 해봅니다.
쇼팽, 당신 역시 나약하고 예민한 육체에 갇힌 한 인간이었다는 사실을요.
당신의 기침을 생각합니다. 그토록 아름다운 음악을 작곡해낸 당신의 몸이
얼마나 끊임없이 그리고 끈질기게 당신의 영혼을 배반했는지를.

그런데도 당신이, 죽음 앞에서도 포기하지 않았던 음악은 이 세상의 어디에 속한 것일까요.
우리의 육신을 통해 만들어지고, 연주되고, 몸이 없다면 들을 수조차 없는 소리들.
선율, 가락, 음조들. 그 아름다움들.
음악은 세계에 존재하는 모든 아름다움 중에서도,
몸을 통과해서 결국 몸을 초월하는 영역에 속해 있는 것 같습니다.

영혼이 육체 안에 있는 것이라면
몸과 영혼이 따로 있었고, 인간이 태어났을 때 그것은 하나가 되었으나

우리가 죽으면 다시 분리되는 걸까요?

그것이 사실일까요? 그렇다면, 이제 낱낱이 부패되었을 당신의 몸 말고

어딘가에 당신의 영혼이 아직도 존재하는 걸까요?

나는 어렸을 때 믿었던 그 사실을 지금은 확신하고 있지 못합니다.

죽음 이후에 어떤 삶이 또 있을지는, 정말 하나도 알지 못해요.

다만 당신이 이제는 더이상 기침을 하지 않으며,

당신의 음악 속에서 영혼을 느낄 수 있다는 것을 알 뿐입니다.

음악은 당신의 영혼이었지요.

몸이 영혼을 배반하고 영혼이 몸에 지배당할 때, 나는 우울하고 슬픕니다.

그러나 때론 몸을 통해 영혼이 위로받기도 하고, 영혼 때문에 몸이 그 유한성을 잠시 벗어나기도 합니다.

음악은, 몸이 영혼에 줄 수 있는 기쁨이고 쾌락이에요.

몸의 쾌락은 순간적이고 파괴적이지만, 영혼의 쾌락인 음악은 별만큼이나 오래되었으며

별보다 더 영원에 가까운 것입니다.

당신의 기침은 당신의 몸을 무너지게 만들었지만, 음악까지 파괴하

지는 못했어요.

당신의 몸, 병든 폐와 나약한 신경이 당신이 마셔야 할 쓴잔이었겠
지요.

그것을 마시고 당신은 죽음에 가까워졌을 것입니다.

하루하루, 우울하고 고독하게 몸의 시간이 흘러갔을 것입니다.

그러나 당신의 잔을 완성시킨 몸의 고통과 절망은 영혼에 이르는
음악을 향해 갔습니다.

몸의 시간은 단지 의미 없는 하루하루로 채워지는 것만은 아니
에요.

우리는 우리의 몸에서 솟아오르려 하는 날개 달린 마음을 가졌습
니다.

이 정신, 이 영혼은 몸에 갇혀 있지만 무언가를 사랑하고 원하고 꿈
꿀 수 있는 자유가 있습니다.

몸의 속박을 통해, 우리의 상처를 통해 우리는 우리의 잔을 완성시
킵니다.

그것은 고통 없이 날아오르지 못하는 영혼입니다.

그래요, 어쩌면 잔인한 일인지도 모르겠습니다.

영혼의 쾌락인 음악, 그 아름다움을 위해서는 몸의 고통과 절망과
속박이 필요하다는 것은.

빛의 뒤편에 그림자가 있는 이유.

아픔과 슬픔이 없다면 기쁠 수도 행복할 수도 없는 이유.

사랑하고 난 후에 이별이 오는 이유.

그 잔혹한 이유에 대해 나 역시 잘 모릅니다.

다만 그 양면성이 세계의 존속에 관여하고 있다는 것은 느낄 수 있습니다.

그러므로 당신의 음악이 아름다울수록 당신의 기침도 함께 느껴야 합니다.

당신의 얼굴을 봅니다. 실제의 것이 아닌, 실재했던 것 같지 않은.

그렇지만 분명히 세상에 존재했고, 세상을 겪었고, 삶과 죽음을 통과했던 얼굴.

당신의 불행했던 사랑이, 예민해 보이는 그 얼굴에 새겨져 있는 것 같습니다.

고독하고 지루하고 고통스러웠을 몸의 시간이 보입니다.

몸의 시간은 흘러가는 것입니다. 강물처럼 쓸려가는 것입니다.

당신 위를 흘렀을 잔인한 그 시간은 그러나 한 겹이 아니었어요.

지금도 당신의 시간을 느낍니다.

당신이 가로질렀던 들판을, 당신이 어루만졌던 나뭇가지를 느낍니다.

당신이 사랑한 것들과 당신이 고통 받았던 시간을 통해
그 몸의 시간을 통해 당신의 음악, 당신의 영혼이 이 세계에 남은
것입니다.

이제 그것은 세계에 분명히 존재하는 하나의 희망이 되었습니다.

당신이 만든 음악, 발라드 1번 사단조를 들으며
내 영혼이 당신의 시간을 함께 흘러가고 있습니다.
영혼이 어떤 냄새처럼, 멀리 퍼집니다.
아주 먼 곳으로
시간의 겹을 투과해서.

네 번째 편지

답장이 아니지만 분명한 답장인, 당신의 음악을 듣고 있습니다.

피아노의 음색은 언제나 희고 검게 시작됩니다.
흰 건반과 검은 건반에서 시작된 음조의 구름이 이윽고 색색의 비를 내리고 있습니다.
음악은 그러나 세상의 모든 색보다 더 풍부한 결과 질감을 갖고 있지요.
음률의 시가 격정의 파도를 건너 흰 모래밭에 닿아 부서집니다.
해변의 모래만큼이나 많은 감정들이 그 안에서 부드럽게 유영하고, 폭발하고, 솟구칩니다.

병약했던 당신이 삶을 견디며 어떻게 음악으로 시를 썼는지 알 수 없지만,
그것에 대해 자주 생각해보았습니다.
견딤으로 이루어지는 시간들. 누구에게나 다가오는 운명의 그림자.

세상의 무엇이 아름다운지 당신은 알고 있습니다.

고통스러운 나날에서도 그것을 찾아내려 했던 당신을 기억하겠습니다.

마요르카 섬에서 돌아오던 배 안에서,

돼지들과 함께 있던 그 배 안에서의 당신 역시 기억하겠습니다.

한 인간으로서 지옥과 천국을 모두 경험해야 했던 쇼팽이라는 이름의 음악가.

지상에서의 짧은 생애 동안 당신이 남긴 음악들.

그 안에 들어 있는 통증과 슬픔, 기쁨과 행복, 아름다움을 기억하겠습니다.

시는 나의 몸을 거쳐 언어라는 기호로 자신을 드러냅니다.

그것을 느낄 때, 시가 자신의 모습을 서서히 드러낼 때 모든 불안과 고통을 잊을 수 있습니다.

안개 속에서 나타나는 시의 몸을 만지게 될 때,

그 첫 숨결이 내 손등에 끼쳤을 때.

시를 짓는 것이 아니라, 시가 나라는 인간을 통해 이동할 때 비로소 행복합니다.

그 행복을 위해서 견디고 있습니다.

삶이라는 무게를.

세상의 더러움과 추악함과 순결함과 모든 별빛이 더이상 구분되지
않는 지점에서 나는 봅니다.
그 무엇도 대신할 수 없는 시의 존재를.

당신이 즉흥적으로 연주했던 음악들.
당신을 통해 세상에 드러난 선율의 형상 역시 그렇습니다.
그것이 시와 같다고 많은 사람들이 말했습니다.
"정말로 쇼팽은 자기 자신이 할 수 있는 극한까지 밀어붙여서 내밀
한 존재가 부조화를 이루는 경지까지 가는 경향이 있는 것 같다"[19]
고 앙드레 지드는 말했지요.
극한 그리고 부조화. 그것은 다름 아닌 시를 말하는 것입니다.

그래요, 시를 만지기 위해 나 역시 극한까지 가고 싶어 했습니다.
그리고 그렇게 나타나는 시의 형상은 결코 조화롭지만은 않습니다.
이 세계가 조화롭지 않기 때문이지요.

우리가 추구하는 아름다움은 더이상 조화롭고 평화로운 어떤 것이
아닙니다.
보이는 것들 너머, 형상들 너머, 모든 그립고 아름다운 것들 너머에
존재하는 심연이
고통스럽고 뒤틀려 있기 때문에 우리의 삶이 아름다운 것입니다.

당신의 음악에서 느껴지는 우울, 슬픔, 체념이 단지 그것만이 아닌 격정과 쾌락까지 맛보게 하는 이유일 것입니다.

평화 속에 불안이, 순수함 속에 더러움이, 산들바람 속에 폭풍우가 있습니다.

음악만을 위해 바친 당신의 생애는 슬프고 불행합니다.
그러나 당신이 진실로 불행했다고는 생각하지 않습니다.
당신은 음악으로 시를 썼으니까요.
그러기 위해 치른 대가가 컸다 해도, 당신이 쓴 시들은 여전히 이 세계에 남아 끊임없이 도약하고 있습니다.
세계를 가로질러 인간의 마음에 와닿는 당신의 음악.
당신의 영원한 우주는 사라지지 않을 것입니다.
당신이 슬픔으로 빚어낸 음표들은, 그 극한의 시들은.

그것이 나타내는 슬픔은 끝이 없습니다.
때로는 너무 슬픈 나머지 나를 눈물짓게 만듭니다.
가장 순수한 형태의 슬픔, 그것이 당신의 음악입니다.
동시에, 그것은 나에게 너무도 큰 위안입니다.
슬픔이 주는 위안은 얼마나 큰가요.
말로 표현한다는 것에는 한계가 있지요.

너무 부드럽고 아름답기 때문에 그리고 그 안에 너무도 큰 우주를 담고 있기 때문에.

당신의 우주는 슬픔으로 이루어져 있습니다.
슬픔의 별이 빛나고, 고통의 행성이 폭발하는 당신의 우주.
시간과 공간이 의미를 갖지 않는 곳.
단지 파토스만이 존재하는 그 우주, 슬픔의 입자들로만 만들어지는 우주.
검고 흰 건반들이 춤추는 우주.

그곳에서 별이 쏟아지는 것을 봅니다.

봄이 오는 것 같습니다. 날씨가 풀리고 얼음이 녹았습니다.
세계의 질서는 계절의 흐름, 빛과 그림자, 탄생과 죽음 속에서 변하지 않고 이어집니다.
달이 뜨고 지며, 파도는 잠시도 멈추지 않습니다.
그 질서에서 놓일 수 없다는 것이 가끔 불안합니다.
그 질서에 순응하고 있어서, 내 앞에 놓인 길에서 한 치도 벗어날 수 없어서.
그 길의 끝에 무엇이 기다리는지 알 수 없기 때문에.
그 끝에 놓인 분명한 것을 대면하고 싶지 않기 때문에.

아마도 모든 인간이 갖고 있는 불안이겠지요.

우리에겐 확실하고 정확한 끝이 있습니다.
우리는 그 끝을 바라보며 걷고 있습니다.
끝나기 전에 나는 더 알고 싶고, 나 자신을 더 많이 갖고 싶습니다.
불분명한 세계의 윤곽을 더 자세히 들여다보고 싶습니다.
음악은 우리의 그런 갈망을 나타낸다는 생각이 듭니다.
우리의 희미한 길에 드리운 푸른 지팡이처럼. 어떤 표지판처럼.
닿을 수 없는 곳을 향해 뻗어 있는 화살표처럼.

쇼팽, 당신의 마주르카를 듣습니다.
조국 폴란드에 대한 향수와 애절한 마음이 느껴지는 멜로디에
당신의 슬픔과 고독이 녹아들어 있습니다.
이런 음악을 사랑하지 않을 수 있을까요.
당신은 천재였어요. 하늘이 내린 그 운명은 당신에게 필연적인 아픔을 선사했겠지요.
그러나 그것이 당신의 길이었어요.

봄이 오면 새잎이 돋아나는 숲길에서 당신의 마주르카를 듣겠습니다.
나에게 들려주는 당신의 응답을 만끽하면서.

삶이 그렇게 이어지는 것에 불안을 느끼며 그러나 한편으로는 열려 있는 그 길에 한없이 감사하면서.

나의 길을 걷겠습니다.

가끔 뒤를 돌아볼 것이고, 가끔 봄에 부는 바람을 원망하기도 하겠지만.

황사가 불어오는 도시 한가운데에서 당신의 음악을 듣겠습니다.

당신의 기침을 상기하면서, 나 역시 기침을 할지도 모릅니다.

육신에 갇힌 존재로서 그리고 육신 너머를 원하는 존재로서.

우리의 한계는 이토록 분명한데도 어째서 갈망은 끝이 나지 않는지, 당신에게 질문을 하겠습니다.

음악을 듣는다는 행위를 통해 당신의 우주 안에서 슬퍼하고 또 기뻐하겠습니다.

꽃이 필 것입니다. 봄비가 내릴 것입니다.

산은 연둣빛이 될 것이고, 자연이 색채의 향연을 벌일 것입니다.

생명은 그러나 잔혹한 것입니다. 탄생의 이면에는 언제나 죽음의 그림자가 드리워 있습니다.

봄이면 나는 참 복잡한 기분이 되어버리곤 합니다.

설레면서도 두려운 봄, 그 봄이 아프기 때문입니다.

아프면서도 찬란하게 열리는 봄, 그래요, 당신의 음악 안에는 그런 모든 것들이 다 있습니다.

생명의 환희와 죽음의 공포, 살아 있음의 열락과 극한이 들어 있습니다.

나를 일깨워주세요, 당신의 그 우주 안에서.

더 많이 불안해하고 더 많이 슬퍼하도록, 더 많은 눈물과 한숨을 짓도록, 더 많이 결핍되도록.

그리고 그 불안과 눈물 너머에서 더 많이 세상을 사랑하고 또 사랑하도록.

아무리 채워도 다 채워지지 않는 이 삶을 더 많이 노래하도록,

당신이 쓴 음악의 시를 통해서.

다섯 번째 편지

전주곡들

끝없는 그림을 그린다
어떤 얼굴의
깊은 우주 안에서 음악을 듣는다
흰 길에 검은 나무들이 늘어서 있다
돌들이 쌓여 있다
돌과 돌, 나무와 나무
그 간격을 우리가 사랑했는가

음표와 음표와 음표가 무엇을 뜻하는가

음악은 하나의 질문
심장의 간격 사이로 그것이 파고들기에
모든 음악을 갖다놓는다
심장 사이의 푸른 골짜기로

푸르게 도는 피처럼

각혈처럼

얼굴을 그리다 죽어가는 사람

흰 거리에 검은 나무들이 늘어서 있다

엷은 돌들이 쓰러질 듯 쌓여 있다

보이지 않는 돌을 입에서 꺼내어

쌓인 돌 위에 올려놓는다

쓰러질 듯 쓰러지지 않는 돌의 탑

그 선율 아래로

죽음이 흘러가는 것을 보며

누군가의 얼굴을 쌓아올렸다

쌓음과 쌓임의 간격이 마음을 찢어놓았기에

죽음을 삶처럼 사랑했는가

말이 아닌 질문을 하고

말이 아닌 대답을 듣는다

그것이 세계의 전주곡들이기에

봄이 왔습니다. 연둣빛 싹이 돋아나고 목련에는 흰 꽃망울이 맺혔어요.

그래서인지 당신의 음악에서도 기쁨이 먼저 읽히는군요.

아르투르 루빈슈타인이 연주한 당신의 스케르초 1번을 듣습니다.

이 선율을 그림으로 표현한다면, 아마도 봄의 빛일 것 같습니다.

'스케르초'는 변덕과 해학을 뜻한다고 하죠.

특히 당신의 이 첫 번째 스케르초는 봄의 변덕스러움을 느끼게 해요.

쏟아지는 불협화음과 대담한 멜로디는 밝은가 하면 어둡고, 화려하면서도 내성적이며, 난폭하지만 서정적이에요.

겨울의 추위 안에서는 보이지 않던 빛이 지금 만물을 생동하게 만들고 있습니다.

그리고 이 음악 안에서 봄을 향해 걸어가고 있는 사람의 뒷모습을 보고 있습니다.

생의 절망이 우리를 불안하게 만들 때마저

그 불안을 안고 어떤 약동처럼 앞으로 걸어가는 사람들.

그런 불굴의 끊임없는 걸음걸음을 어떻게 표현해야 할까요.

사람의 힘은 아마도 이런 부단함에서부터 시작되는 것이 아닐까요.

쇼팽, 당신 역시 그런 힘을 지녔던 사람이에요.

이 힘찬 멜로디가 당신에게서 나왔고 이 아이러니로 가득한 아름다움이 당신으로부터 비롯되었으니까요.

운명이 당신에게서 음악을 앗아갈 때까지

건반 위에서 당신이 표현해낸 것들은 너무도 소중한 것입니다.

그 기쁨의 순간을 생각합니다.

이 악상을 하나하나 악보에 옮기며 당신이 얼마나 환희에 차 있었을지

또 그 환희를 느끼기 위해서 얼마나 큰 노력이 필요했을지를.

희망은 절망과 줄다리기를 하고 있지요.

우리는 어떻게 희망을 얻을 수 있을까요, 쌓음과 쌓임의 간격 사이에서

쌓아올린 희망과 쌓여버린 절망의 사이에서.

그러나 인간은 기쁨을 위해 사는 존재입니다.

그것이 어떤 결론으로 이어지든 바로 지금 이 순간에

우리는 최선을 다해서 기뻐져야만 해요.

당신의 순수한 열정 역시 기쁨을 향한 계단이었을 겁니다.

그곳을 오르기 위해, 음악의 완전한 기쁨을 구현하기 위해

악보와 씨름하는 당신을 그려봅니다.

당신의 음악은 가장 단순하고 명료한 아름다움을 듣게 해요.

단순함과 명료함에 닿으려고 했던 쇼팽이라는 이름,
그 이름 자체에서 아름다움을 느낍니다.

슈만은 당신에 대해 이렇게 말했어요.
"그는 남들이 정한 법칙에 순응하기보다는 쓰러질 때까지 혼자 고
군분투하는 정열적인 성격의 소유자다."[20]
당신의 음악을 듣다 보면 정말로 그런 정열이 느껴집니다. 흡사 투
혼과도 같은 정열.

몸과 마음이 찢길 때까지 당신은 싸웠어요.
그리고 당신은 싸워 이겼어요. 당신은 음악의 그리고 생의 승리자
입니다.
예술의 극한에 다다른 사람의 절망이 무엇인지 아직 잘 알지 못하
지만,
그런 절망마저도 당신에게서 승리의 관을 벗겨내지는 못했습니다.

말로는 다하지 못할 힘겨운 싸움을 이겨내고

이 대담하고 독창적인 그리고 무엇보다 아름다운 음률들이 세상에
남아 있습니다.

당신의 음악을 듣고 봄의 빛을 받으며 희망에 차오릅니다.
개나리가 피었고, 까슬까슬한 봄비가 내리고 있어요.
이 세계가 아직 살 만하고, 온 우주가 이토록 아름다우며, 내가 이
곳에서 살아가고 있다는 것이 행복한 일이라는 걸 증명 받은 기분
이 듭니다.
이럴 때, 음악의 가치는 말할 수 없이 커다란 것입니다.
이 귀중한 경험을 대신할 수 있는 그 무엇도 존재하지 않을 만큼.

쇼팽,
당신에게 말이 아닌 질문을 하고
말이 아닌 대답을 듣습니다.

모든 생이 전주곡을 울리며 어딘가에서 어딘가로 흐르고 있습니다.
심장 사이의 저 푸른 골짜기 사이에서
난폭하면서도 서정적인, 이 변덕스러운 봄빛 속에서.

참고한 책

1 앙드레 지드, 《쇼팽 노트》, 임희근 옮김 (포노, 2015), 18.

2 앙드레 지드, 《쇼팽 노트》, 임희근 옮김 (포노, 2015), 42.

3 프레베르, 〈첫날〉, 《꽃집에서》, 김화영 옮김 (민음사, 2015), 112.

4 발터 벤야민, 《일방통행로 사유이미지》, 김영옥 외 2명 옮김 (길, 2007), 119.

5 제러미 니콜러스, 《쇼팽, 그 삶과 음악》, 임희근 옮김 (포노, 2010), 147.

6 제러미 니콜러스, 《쇼팽, 그 삶과 음악》, 임희근 옮김 (포노, 2010), 222~223.

7 모리스 블랑쇼, 《기다림 망각》, 박준상 옮김 (그린비, 2009), 75.

8 제러미 니콜러스, 《쇼팽, 그 삶과 음악》, 임희근 옮김 (포노, 2010), 240.

9 윤영애, 《파리의 시인 보들레르》 (문학과지성사, 1998), 92~93.

10 샤를 피에르 보들레르, 《악의 꽃》, 윤영애 옮김 (문학과지성사, 2003), 319.

11 스테판 말라르메, 《시집》, 황현산 옮김 (문학과지성사, 2005), 107.

12 고사카 유코, 《쇼팽》, 박선영 옮김 (음악세계, 2016), 270.

13 로맹 가리, 《유럽의 교육》, 한선예 옮김 (책세상, 2003), 33.

14 세러미 니콜러스, 《쇼팽, 그 삶과 음악》, 임희근 옮김 (포노, 2010), 72.

15 제러미 니콜러스, 《쇼팽, 그 삶과 음악》, 임희근 옮김 (포노, 2010), 157.

16 이브 본느프와, 《두브의 집과 길에 대하여》, 이건수 옮김 (민음사, 2001), 27.

17 제러미 니콜러스, 《쇼팽, 그 삶과 음악》, 임희근 옮김 (포노, 2010), 53.

18 파울 첼란, 《아무도 아닌 자의 장미》, 제여매 옮김 (시와진실, 2010), 41.

19 앙드레 지드, 《쇼팽 노트》, 임희근 옮김 (포노, 2015), 34.

20 로베르트 슈만, 《음악과 음악가》, 이기숙 옮김 (포노, 2016), 123.

박시하

서울에서 태어나고 자랐다. 이화여자대학교에서 시각디자인을 전공하고 편집디자이너로 일했다. 2008년《작가세계》신인상을 받았고 2012년 첫 시집《눈사람의 사회》(문예중앙) 와 2016년 두 번째 시집《우리의 대화는 이런 것입니다》(문학동네)를 냈다. 산문집《지하 철 독서 여행자》(인물과사상사)를 냈으며 독립잡지《더 멀리》의 디자인을 맡고 있다. 시와 산문을 계속 쓰고 있으며, 소설 읽기와 음악 듣기, 산책하기를 사랑한다. 성차, 성 정체성, 나이와 사회적 지위, 신체적 조건에 의해 발생하는 위계와 폭력을 반대한다.

김현정

서울에서 태어나고 자랐다. 덕성여자대학교와 한국예술종합학교에서 평면조형을 전공했 다. 2008년 한국문화예술위원회 문예진흥기금 신진예술가 부문에 선정되었고, 기억 속의 장면이 현재와 만나는 지점을 포착하여 회화의 감각에 집중하는 그림을 그린다. 2009년 《always somewhere》, 2012년《열망Desire》등 지금까지 6번의 개인전과 다수의 그룹 전을 가졌다.

쇼팽을 기다리는 사람

1판 1쇄 찍음 2016년 12월 12일
1판 1쇄 펴냄 2016년 12월 19일

지은이 박시하
그린이 김현정
펴낸이 정혜인 안지미
편집 민구
디자인 안지미 + 한승연
제작처 공간

펴낸곳 알마 출판사
출판등록 2006년 6월 22일 제406-2006-000044호
주소 우. 03990 서울시 마포구 연남로 1길 8. 4~5층
전화 02.324.3800 판매 02.324.2846 편집
전송 02.324.1144

전자우편 alma@almabook.com
페이스북 /almabooks
트위터 @alma_books
인스타그램 @alma_books

ISBN 979-11-5992-044-8 04810
        979-11-5992-042-4 (세트)

이 도서의 국립중앙도서관 출판시도서목록CIP은 서지정보유통지원시스템 홈페이지
http://seoji.nl.go.kr와 국가자료공동목록시스템 http://www.nl.go.kr/kolisnet에서
이용하실 수 있습니다. CIP제어번호: 2016028859

알마는 아이쿱생협과 더불어 협동조합의 가치를 실천하는 출판사입니다.
살아 숨 쉬는 인문 교양을 중심으로 새로운 감각을 일깨우며 오늘의 사회를 읽는 책을 펴냅니다.

종이 표지_두성 마분지 209g/㎡ 본문_백상지 120g/㎡